你不能要求
简单的答案

张晓风 ＼ 著

南方出版传媒
花城出版社
中国·广州

图书在版编目（ＣＩＰ）数据

你不能要求简单的答案 / 张晓风著. -- 广州：花
城出版社，2015.8
　（张晓风温暖三部曲）
　ISBN 978-7-5360-7623-5

　Ⅰ. ①你… Ⅱ. ①张… Ⅲ. ①散文集－中国－当代
Ⅳ. ①I267

中国版本图书馆CIP数据核字(2015)第176032号

出 版 人：詹秀敏
策划编辑：詹秀敏
责任编辑：陈宾杰　李　谓　王铮锴
技术编辑：薛伟民　凌春梅
封面绘图：Starry 阿星
封面设计：⑨ 厶介设计 | SIJIE DESIGN

书　　名　你不能要求简单的答案
　　　　　NI BUNENG YAOQIU JIANDAN DE DA'AN
出版发行　花城出版社
　　　　　（广州市环市东路水荫路11号）
经　　销　全国新华书店
印　　刷　广东新华印刷有限公司
　　　　　（广东省佛山市南海区盐步河东中心路23号）
开　　本　880 毫米×1230 毫米　32 开
印　　张　9　1插页
字　　数　152,000 字
版　　次　2015 年 8 月第 1 版　2015 年 8 月第 1 次印刷
定　　价　36.00 元

如发现印装质量问题，请直接与印刷厂联系调换。
购书热线：020－37604658　37602954
花城出版社网站：http://www.fcph.com.cn

序
馥郁

　　我们在街上走，我，和陈妈妈。

　　这是个小城，因为新兴的小商场而有几分热闹和喜气。这小城名叫义乌，位于浙江。陈妈妈其实是我母亲的朋友，但这次，母亲因身体不好，扭了腰，临时由我丈夫陪同回台湾去了，于是陈妈妈热心要陪我完成义乌之行，陈妈妈其实人住南京。

　　"晓风呀，你知道吗？就是在这里，有了你这个人的呀！"

　　"不是的，陈妈妈，"我分辩，"你记错了，我是在金华出生的。"

　　"我不是讲出生，我是说，你是在这里怀上的。"

　　我一时惊愕，呀，原来我有生之初，竟是在这个小城啊！跟老人聊天真好，他们一开口就是故事。

陈妈妈是陈颐鼎将军的夫人，而父亲是陈将军的下属，却也是很相投的朋友。

陈妈妈的话让我敬畏不敢吐一词。啊！义乌，义乌，在我无知无识尚为胎苗的当年，我也曾转借母亲的血脉饮你的井水，吃你的米粮，呼吸你的清风，感知战争中的人与人的相恤相存。

一路想下去，在炸弹如天雨的浇灌下，我一面流浪，一面长大，一路走过的城市是：金华、建阳、重庆、南京、柳州、广州。八岁那年我和中土道别，漂洋过海赴台湾，行前最后一站，便是广州。

生死契阔，等我再一次回神定睛看广州，已是四十年后的事了。啊，小小的我，当年，曾走过多么长的路啊！

二

一九四九年，父亲在战场上，打一场或胜或败，都是悲剧的战争。而母亲和我们五个小孩在广州等船。租了间房子，在中山大学对面的巷子里，是一栋楼房的底层，我们很兴奋，因为童蒙和无知——其实，那时候，每一天，每一时，我们都可能成为无父的孤儿。

战局无妨于广州中山公园里胭红的木棉朵朵飘坠，八岁的我忙忙碌碌地去接捧，而蓝天，在其上悠悠然地俯察人世。

新剥出来的芒果是多么香多么甜啊，这奇特的馥郁，我以前都没尝过。我那时不懂，这块地面，跟我以前住过的地方是不同的，这里是南方，南方，在诗中也叫"炎方"，是丰饶和美好的同义词，是阳光特别慈仁垂顾的"特区"。

客中岁月，说不尽的好，黄花岗上有充满启示的故事，爱群酒家有江景可看，有美食可吃。满街走着穿着黑色衣服的人，他们说，那料子叫"香云纱"。我们有亲戚，也在等船，他们住的地方叫"沙河"，我也去他们家住了一个礼拜，我一直好奇，好吃的沙河粉，是不是就是在沙河做出来的呀？

有一次，我自己一人上街，在马路边看到一间"桂林米粉"店，门口贴着价目，摸摸口袋里的钱刚好够吃一碗，于是，大着胆子走进去，他们也把我当小客人好好招呼。米粉端来，真是好味道，我觉得比家里的食物好吃多了！那应该是我第一次小小的叛离和出走——在食物方面。

三

一九八九年开放返乡以后，我走过广东许多城市，从广州、深圳，到韶关，加上顺德、东莞、佛山、三水、惠州、开平……计划中还想去中山、肇庆、潮州、梅州……

我对广东和广东人好奇，这个负山面海，而海岸线又最最绵长的地方。这既向全世界开放的、也无私地收容了我这小小孩童的逃劫生涯的古穗城。

很高兴可以在这城市中的花城出版社出书，这城于我曾是快乐的充满馥郁果香的"讶异之城"，而今，六十多年后，仍是。不同的是，我也想提供一份书的馥郁，持赠回报给这城。

是为序。

张晓风

二〇一五年七月三十一日

你不能
要求简单
的答案

目　录
C o n t e n t s

第一辑

生命，以什么
单位计量

第二辑

戈壁酸梅汤
和低调幸福

第四辑

你不能要求
简单的答案

第一辑

生命，以什么
单位计量

树在。山在。大地在。岁月在。我在。你还要

怎样更好的世界？

我在

　　记得是小学三年级，偶然生病，不能去上学。于是抱膝坐在床上，望着窗外寂寂青山、迟迟春日，心里竟有一份巨大幽沉至今犹不能忘的凄凉。当时因为小，无法对自己说清楚那番因由，但那份痛，却是记得的。

　　为什么痛呢？现在才懂，只因你知道，你的好朋友都在那里，而你偏不在，于是你痴痴地想，他们此刻在升旗吗？他们在操场上追追打打吗？他们在教室里挨骂吗？他们到底在干什么啊？不管是好是歹，我想跟他们在一起啊！一起挨骂挨打都是好的啊！

于是，开始喜欢点名，大清早，大家都坐得好好的，小脸还没有开始脏，小手还没有汗湿，老师说：

"×××"

"在！"

正经而清脆，仿佛不是回答老师，而是回答宇宙乾坤，告诉天地，告诉历史，说，有一个孩子"在"这里。

回答"在"字，对我而言总是一种饱满的幸福。

然后，长大了，不必被点名了，却迷上旅行，每到山水胜处，总想举起手来，像那个老是睁着好奇圆眼的孩子一样，回一声：

"我在。"

我在，和"某某到此一游"不同，后者张狂跋扈，目无余子，而说"我在"的仍是个清晨去上学的孩子，高高兴兴地回答长者的问题。

其实人与人之间，或为亲情或为友情或为爱情，哪一种亲密的情谊不是基于我"在"这里，刚好，你也"在"这里的前提？一切的爱，不就是"同在"的缘分吗？就连神明，其所以为神明，也无非由于"昔在、今在、恒在"，以及"无所不在"的特质。

而身为一个人，我对自己"只能出现于这个时间和空间的局限"感到另一种可贵，仿佛我是拼图板上扭曲奇特的一块小形状，单独看，毫无意义，及至恰恰嵌在适当的时空，却也是不可少的一块。天神的存在是无始无终浩浩莽莽的无限，而我是此时此际此山此水中的有情和有觉。

有一年，和丈夫带着一团年轻人到美国和欧洲去表演，我坚持选崔颢的《长干行》作为开幕曲，在一站复一站的陌生城市里，舞台上碧色绸子抖出来粼粼水波，唐人乐府悠然导出：

> 君家何处住？
> 妾住在横塘。
> 停船暂借问，
> 或恐是同乡。

渺渺烟波里，只因一错肩而过，只因你在清风我在明月，只因彼此皆在这地球，而地球又在太虚，所以不免停舟问一句话，问一问彼此隶属的籍贯，问一问昔日所生，他年所葬的故里。那年夏天，我们也是这样一路去问海外中国人的隶属所在啊！

一九八三年九月二十四日我到香港教书，翌日到超级市场去买些日用品，只见人潮涌动，米、油、罐头、卫生纸都被抢购一空。当天港币与美金的汇率跌至最低潮，已到了十与一之比。朋友都替我惋惜，因为薪水贬值等于减了薪。当时我望着快被搬空的超级市场，心里竟像疼惜生病的孩子一般地爱上这块土地。我不是港督，不是黄华，左右不了港人的命运。但此刻，我站在这里，跟缔造了经济奇迹的香港的中国人在一起。而我，仍能应邀在中文系里教古典诗，至少有半年的时间，我可以跟这些可敬的同胞并肩，不能做救星，只是"在一起"，只是跟年轻的孩子一起回归于故国的文化。一九九七年，香港的命运会如何？我不知道，只知道曾有一个秋天，我在那里，不是观光客，是"在"那里。

旧约《圣经》里记载了一则三千年前的故事，那时老先知以利因年迈而昏聩无能，坐视宠坏的儿子横行。小先知撒母耳却仍是幼童，懵懵懂懂地穿件小法袍在空旷的大圣殿里走来走去，然而，事情发生了，有一夜他听见轻声呼唤：

"撒母耳！"

他虽渴睡却是个机警的孩子，跳起来，便跑到老以利面前：

"你叫我，我在这里！"

"我没有叫你，"老态龙钟的以利说，"你去睡吧！"

孩子去躺下，他又听到相同的叫唤：

　　"撒母耳！"

　　"我在这里，是你叫我吗？"他又跑到以利跟前。

　　"不是，我没叫你，你去睡吧。"

　　第三次他又听见那召唤的声音，小小的孩子实在给弄糊涂了，但他仍然尽快跑到以利面前。

　　老以利蓦然一惊，原来孩子已经长大了，原来他不是小孩子梦里听错了话，不，他已听到第一次天音，他已面对神圣的召唤。虽然他只是一个稚弱的小孩，虽然他连什么是"天之钟命"也听不懂，可是，旧时代毕竟已结束，少年英雄会受天承运挑起八方风雨。

　　"小撒母耳，回去吧！有些事，你以前不懂，如果你再听到那声音，你就说：'神啊！请说，我在这里。'"

　　撒母耳果真第四度听到声音，夜空烁烁，廊柱耸立如历史，声音从风中来，声音从星光中来，声音从心底的潮声中来，来召唤一个孩子。撒母耳自此至死，一直是个威仪赫赫的先知，只因多年前，当他还是稚童的时候，他答应了那声呼唤，并且说："我，在这里。"

　　我当然不是先知，从来没有想做"救星"的大志，却喜欢让自己是一个"紧急待命"的人，随时能说："我在，我在这里。"

这辈子从来没喝得那么多，大约是一瓶啤酒吧，那是端午节的晚上，在澎湖的小离岛。为了纪念屈原，渔人那一天不出海，小学校长陪着我们和家长会的朋友吃饭，对于仰着脖子的敬酒者你很难说"不"。他们喝酒的样子和我习见的学院人士大不相同，几杯下肚，忽然红上脸来，原来酒的力量竟是这么大的。起先，那些宽阔鬓黑的脸不免有一份不自觉的面对台北人和读书人的卑抑，但一喝了酒，竟人人争着说起话来，说他们没有淡水的日子怎么苦，说淡水管如何修好了又坏了，说他们宁可倾家荡产，也不要天天开船到别的岛上去搬运淡水……

而他们嘴里所说的淡水，从台北人看来也不过是咸涩难咽的怪味水罢了——只是于他们却是遥不可及的美梦。

我们原来只是想去捐书，只是想为孩子们设置阅览室，没有料到他们红着脸粗着脖子叫嚷的却是水！这个岛有个好听的名字，叫岛屿，岩岸是美丽的黑得发亮的玄武石组成的。浪大时，水珠会跳过教室直落到操场上来，澄莹的蓝波里有珍贵的丁香鱼，此刻餐桌上则是酥炸的海胆，鲜美的小管……然而这样一个岛，却没有淡水……

我能为他们做什么？在同盏共饮的黄昏，也许什么都不能，但至少我在这里，在倾听，在思索我能做的事……

读书，也是一种"在"。

有一年，到图书馆去，翻一本《春在堂笔记》，那是俞樾先生的集子，红绸精装的封面，打开封底一看，竟然从来也没人借阅过，真是"古来圣贤皆寂寞"啊！心念一动，便把书借回家去，书在，春在，但也要读者在才行啊，我的读书生涯竟像某些人玩"碟仙"，仿佛面对作者的精魄。对我而言，李贺是随召而至的，悲哀悼亡的时候，我会说："我在这里，来给我念那首《苦昼短》吧！念'吾不识青天高，黄地厚，唯见月寒日暖，来煎人寿。'"读那首韦应物的《调笑令》的时候，我会轻轻地念"胡马胡马，远放燕支山下，跑沙跑雪独嘶，东望西望路迷，迷路迷路，边草无穷日暮"，一面觉得自己就是那从唐朝一直狂驰至今不停的战马，不，也许不是马，只是一股激情，被美所迷，被莽莽黄沙和胭脂红的落日所震慑，因而心绪万千，不知所止的激情。

看书的时候，书上总有绰绰人影，其中有我，我总在那里。

《旧约》创世记里，堕落后的亚当在凉风乍至的伊甸园把自己藏匿起来。

上帝说：

"亚当，你在哪里？"

他噤而不答。

如果是我，我会走出，说：

"上帝，我在，我在这里，请你看着我，我在这里。不比一个凡人好，也不比一个凡人坏，有我的逊顺祥和，也有我的叛逆凶戾，我在我无限的求真求美的梦里，也在我脆弱不堪一击的人性里，上帝啊，俯察我，我在这里。"

我在，意思是说我出席了，在生命的大教室里。

几年前，我在山里说过的一句话容许我再说一遍，作为终响：

"树在。山在。大地在。岁月在。我在。你还要怎样更好的世界？"

生命，以什么单位计量

这是一家小店铺，前面做门市，后面住家。

星期天早晨，老板娘的儿子从后面冲出来，对我大叫一句：

"我告诉你，我的电动玩具比你的多！"

我不知道他在跟谁说话，四面一看，店里只我一人，我才发现，
这孩子在跟我作现代版的"石崇斗富"。

"你的电动玩具都是小的，我的，是大的！"小孩继续叫阵。

老天爷，这小孩大概太急于压垮人，于是饥不择食，居然来单挑我，要跟我比电动玩具的质跟量。我难道看起来会像一个玩电动玩具的小孩吗？我只得苦笑了。

他其实是个蛮清秀的小孩，看起来也聪明机灵，但他为什么偏偏要找人比电动玩具呢？

"我告诉你，我根本没有电动玩具！"我弯腰跟那小孩说，"一个也没有，大的也没有，小的也没有——你不用跟我比，我根本就没有电动玩具，告诉你，我一点也不喜欢电动玩具。"

小孩目瞪口呆地望着我，正在这时候，小孩的爸爸在里面叫他：

"回来，不要烦客人。"

（奇怪的是他只关心有没有哪一宗生意被这小鬼吵掉了，他完全没想到说这种话的儿子已经很有毛病了。）

我不能忘记那小孩惊奇不解的眼神。大概，这正等于你驰马行过草原有人拦路来问：

"远方的客人啊，请问你家有几千骆驼？几万牛羊？"

你说：

"一只也没有，我没有一只骆驼、一只牛、一只羊，我连一只羊蹄也没有！"

又如雅美人问你："你近年有没有新船下水？下水礼中你有

没有准备够多的芋头？"

你却说：

"我没有船，我没有猪，我没有芋头！"

这是一个奇怪的世界，计财的方法或用骆驼或用芋头，或用田地，或用妻妾，至于黄金、钻石、房屋、车子、古董——都是可以计算的单位。

这样看来，那孩子要求以电动玩具和我比画，大概也不算极荒谬吧！

可是，我是生命，我的存在既不是"架""栋""头""辆"，也不是"亩""艘""匹""克拉"等等单位所可以称量评估的啊！

我是我，不以公斤，不以公分，不以智商，不以学位，不以畅销的"册数"。我，不纳入计量单位。

情怀

不知从什么时候开始，我变成了一个容易着急的人。

行年渐长，许多要计较的事都不计较了，许多渴望的梦境也不再使人颠倒，表面看起来早已经是个可以令人放心循规蹈矩的良民，但在胸臆里仍然暗暗的郁勃着一声闷雷，等待某种不时的炸裂。

仍然落泪，在读说部故事诸葛武侯废然一叹，跨出草庐的时候；

在途经罗马看米开朗琪罗一斧一凿每一痕都是开天辟地的悲愿的时候；在深宵不寐，感天念地深视小儿女睡容的时候。

忽焉就四十岁了，好像觉得自己一身竟化成两个，一个正咧嘴嬉笑，抱着手冷眼看另一个，并且说：

"嘿，嘿，嘿，你四十岁啦，我倒要看着你四十岁会变成什么样子哩！"

于是正正经经开始等待起来，满心好奇兴奋伸着脖子张望即将上演的"四十岁时"，几乎忘了主演的人就是自己。

好几年前，在朋友的一面素壁上看见一幅英文格言，说的是：

"今天，是此后余生的第一天。"

我谛视良久，不发一语，心里却暗暗不服：

"不是的，今天是今生到此为止的最后一天。"

我总是着急，余生有多少，谁知道呢？果真如诗人说的"百年梳三万六千回"的悠悠栉发岁月吗？还是"四季倏来往，寒暑变为贼，偷人面上花，夺人头上黑"的霸道不仁呢？有一年，眼看着患癌症的朋友史惟亮一寸寸地走远，那天是二月十四，日历上的情人节，他必然还有很缠绵不尽的爱情吧，"中国"总是那最初也是最后的恋人，然而，他却走了，在情人节。

我走在什么时候？谁知道？只知道世方大劫，一切活着的人都是叨天之幸，只知道，且把今天当作我的最后一天，该爱的，要来不及地去爱，该恨的，要来不及地去恨。

从印度、尼泊尔回来，有小小的人世间的得意，好山水，好游伴，好情怀，人生至此，还复何求？还复何夸？回来以后，急着去看植物园的荷花，原来不敢期望在九月看荷的，但也许喀什米尔的荷花湖使人想痴了心，总想去看看自己的那片香红，没想到她们仍在那里，比六月那次更灼然。回家忙打电话告诉慕蓉，没想到这人险阴，竟然已经看过了。

"你有没有想到，"她说，"就连这一池荷花，也不是我们'该'有的啊！"

人是要活很多年才知道感恩的，才知道万事万物包括投眼而来的翠色，附耳而至的清风，无一不是豪华的天宠。才知道生命中的每一刹那都是向永恒借来的片羽，才相信胸襟中的每一缕柔情都是无限天机所流泻的微光。

而这一切，跟四十岁又有什么关联呢？

想起古代的东方女子，那样小心在意地贮香膏于玉瓶，待香膏一点一滴地积满了，她忽然竟渴望就地一掷，将猛烈的馨香并作一次挥尽，啊！只要那样一度，够了。

想起绝句里的剑客："十年磨一剑，霜刃未曾试。今日把似君，谁有不平事？"分明一个按剑的侠者，在清晨跨鞍出门，渴望及锋而试。

想起朋友亮轩少年十七岁，过中华路，在低矮的小馆里见于右任的一副联"与世乐其乐，为人平不平"，私慕之余，竟真能效志。人生如果真有可争，也无非这些吧？

又想起杨牧的一把纸扇，扇子是在浙江绍兴买的，那里是秋瑾的故居，扇上题诗曰：

连雨清明小阁秋，

横刀奇梦少时游。

百年堪羡越园女，

无地今生我掷头。

冷战的岁月是没有掷头颅的激情的。然而，我四十岁了，我是那扬瓶欲作一投掷的女子，我是那挎刀直行的少年。人世间总有一件事，是等着我去做的；石槽中总有一把剑，是等着我去拔的。

去年九月，我们全家四人到恒春一游。由于娘家至今在屏东已住了二十八年，我觉得自己很有理由把那块土地看作故乡了。阳光薄金，秋风薄凉，猫鼻头的激浪白亮如抛珠溅玉，立身苍茫之际，回顾渺小的身世，一切幼时所曾羡慕的，此刻全都有了。曾听人说流星划空之际，如果能飞快地说出祈愿便可实现，当时多想练好快利的口齿啊，而今，当流星过眼我只能知足地说：

"神啊，我一无祈求！"

可是，就在那一天，我走到一个小摊子前面，一些褐斑的小鸟像水果似的绑成一串吊在门口，我习惯地伸出手摸了一下。忽然，那只鸟反身猛啄了我一口，我又痛又惊，急速地收回手来，惶然无措地愣在那里。

就在那一瞬间，我忽然忘记痛，第一次想到鸟的生涯。

它必然也是有情有知的吧？它必然也正忧痛煎急吧？它也隐隐感到面对死亡的不甘吧？它也正郁愤悲挫忽忽如狂吧？

我的心比我的手更痛了。这是我第一次遇见不幸的伯劳，在这以前它一直是我案头古老的《诗经》里的一个名字，"七月鸣鵙"，鵙，便是伯劳了，伯劳也是"劳燕分飞"典故里的一部分。

稍往前走，朋友指给我看烤好的鸟。再往前走，他指给我看堆积满地的小伯劳鸟的嘴尖。

"抓到就先把嘴折下来，免得咬人。然后才杀来烤，刚才咬你的那种因为打算卖活的，所以嘴尖没有折断。"

朋友是个尽责的导游，我却迷离起来。这就是我的老家屏东吗？这就是古老美丽的恒春古城吗？这就是海滩上有着发光的"贝壳沙"的小镇吗？这就是入夜以后沼气的蓝焰会从小泽里亮起来的神话之乡吗？"恒春"不该是"永恒的春天"吗？为什么有名的"关山落日"前，为什么惊心动魄的万里夕照里，我竟一步步踩着小鸟的嘴尖？

要不要管这档子闲事呢？

寄身在所谓的学术单位里已经十几年了，学人的现实和计较有时不下商人，一位坦白的教授说：

"要我帮忙做食品检验？那对我的研究计划有什么好处？这种事是该卫生署做的，他们不做了，我多管什么闲事，我自己的Paper不出来，我在学术界怎么混？"

他说的没有错。只是我有时会想起胡金铨的"龙门客栈"，大门砰然震开，白衣侠士飘然当户。

"干什么的？"

"管闲事的！"

回答得多么理直气壮。

我为什么想起这些？四十岁还会有少年侠情吗？为什么空无中总恍惚有一声召唤，使人不安。

我不喜欢"善心人士"的形象，"慈眉善目"似乎总和衰老、妇道人家、愚弱有关。而我，做起事来总带五分赌气性质，气生命不被尊重，气环境不被珍惜。但是，真的，要不要管这档闲事呢？管起来钱会浪费掉，睡眠会更不足，心力会更交瘁，而且，会被人看成我最不喜欢的"善士"的模样，我还要不要插手管它呢？

教哲学的梁从香港来，惊讶地看我在屋顶上种出一畦花来。看到他，我忽然唠唠叨叨，在嬉笑中也哲学起来了。

"你知道，在这个世界上，我终于慢慢明白，我能管的事太少了，北爱尔兰那边要打，你管得着吗？巴基斯坦这边要打，你压得了吗？小学四年级的音乐课本上有一首歌这样说：'看我们少年英豪，抖着精神向前跑，从心底喊出口号，要把世界重改造，为着民族求平等，为着人类争公道，要使全球万国间，到处胜欢笑。'那时候每逢刮风，我就喜欢唱这首歌顶着风往前走。可是，三十年过去了，我不敢再说这样的大话，'要把世界重改造'，我没有这种本事，只好回家种一角花圃，指挥指挥四季的红花绿卉。这就是辛稼轩说的，人到了一个年纪，忽然发现天下事管不了，只好回过头来'乃翁依旧管些儿，管竹、管山、管水'。我呢，现在就管它几朵花。"

说的时候自然是说笑的，朋友认真地听，但我也知道自己向来虽不怕"以真我示人"，只是也不曾"以全我示人"。种花是真的，刻意去买了竹床竹椅放在阳台上看星星也是真的，却像古代长安街上的少年，耳中猛听得金铁交鸣，才发觉抽身不及，自己又忘了前约，依然伸手管了闲事。

一夜，歇下驰骋终日的疲倦，十月的夜，适度的凉，我舒舒服服地独倚在一张为看书而设计的躺椅上，算是对自己一点小小的纵容吧！生平好聊天，坐在研究室里是与古人聊天，与西人聊天。晚上读闲书读报是与时人聊天。写文章，则是与世人与后人聊天，旅行的时候则与达官贵人或老农老圃闲聊。想来属于我的一生，也无非是聊了些天而已。

忽然，一双忧郁愠怒的眼睛从报纸右下方一个不显眼的角落向我投视来———一双鹰的眼睛，我开始不安起来。不安的原因也许是因为那怒睁的眼中天生有着鹰族的锐利奋扬，但是不止，还有更多。我静静地读下去，在花莲，一个叫玉里的镇，一个叫卓溪乡古风村的地方，一只"赫氏角鹰"被捕了。从来不知道赫氏角鹰的名字，连忙去查书，知道它曾在几万年前，从喜马拉雅和云南西北部南下，然后就留在中央山脉了，它不是台湾特有鸟类，也不是偶然过境的候鸟，而是"留鸟"。这一留，就是几万年，听来像绵绵无尽期的一则爱情故事。

却有人将这种鸟用铁夹捕了，转手卖掉，得到五千元。

　　我跳起来，打长途电话到玉里，夜深了，没人接。我又跑到桌前写信，急着找限时信封作读者投书。信封上了，我跑下楼去推脚踏车寄信，一看腕表已经清晨五点了，怎么会弄到这么晚的？也只能如此了，救生命要紧！

　　跨车回来，心中亦平静亦激动，也许会带来什么麻烦，会有人骂我好出风头，会有人说我图名图利，会有人铁口直断说："我看她是要竞选了！"不管他，我且先去睡两个小时吧！我开始隐隐知道刚才的和那只鹰的一照面间我为什么不安，我知道那其间有一种召唤，一种几乎是命定的无可抗拒的召唤。那声音柔和而沉实，那声音无言无语，却又清晰如面晤，那声音说："为那不能自述的受苦者说话吧！为那不能自伸的受屈者表达吧！"

　　而后，经过报上的风风雨雨，侦骑四出，却不知那只鹰流落在哪里，我的生活从什么时候开始竟和一只鹰莫名其妙地连在一起了？每每我凝视照片，想象它此刻的安危，人生际遇，真是奇怪。过了二十天，我人到花莲，主持了两个座谈会，当晚住在旅社里。当门一关，廊外海潮声隐隐而来，心中竟充满异样的感激。生平住过的旅社虽多，这一间却是花莲的父老为我预定并付钱的。我感激的是自己那一点的善意和关怀被人接纳。有时也觉得自己像说法化缘的老僧，虽然每遭白眼，但也能和人结成肝胆相照的朋友。

我今夕蒙人以一饭相款，设一榻供眠，真当谢天，比起古代风餐露宿的苦行僧，我是幸运的。

第二天一早搭车到宜兰，听说上次被追索的赫氏角鹰便是在偷运台北的途中死在那里。我和鸟类专家张万福从罗东问到宜兰，终于在一家"山产店"的冻箱里找到那只曾经搏云而上的高山生灵，而今是那样触手如坚冰的一块尸骨。站在午间陌生的小市镇上，山产店里一罐罐的毒蛇药酒，从架上俯视我。这样的结果其实多少也是意料中的，却仍忍不住悲怆。四十岁了，一身仆仆，站在小城的小街上，一家陈败的山产店前，不肯服输的心底，要对抗的究竟是什么呢？

和张万福匆匆包了它就赶北宜公路回家了，黄昏时在台北道别，看他再继续赶往台中的路，心中充满感恩之意。只为我一通长途电话，他就肯舍掉两天的时间，背着一大包幻灯片，从台中台北再转花莲去"说鸟"。此人也是一奇，阿美族人，台大法律系毕业，在美军顾问团做事，拿着高薪，却忽然发现所谓律师常是站在有钱有势却无理的一边，这一惊非同小可，于是弃职而去，一跑跑到大度山的东海潜心研究起鸟类生态来。故事听起来像江洋大盗忽然收山不做而削发皈依，反度起众人一般神奇。而他却是如此平实的一个人，会傻里傻气呆在野外从早上六点到下午六点，仔细数清楚棕面莺的母鸟喂了四百八十次小鸟的记录。并且会在座谈会上一一学鸟类不同的鸣声。而现在，"赫氏角鹰"交他去做标本，一周以后那胸前一片粉色羽毛的幼鹰会乖乖地张开翅膀，乖乖地停在标本架上，再也没有铁夹去夹它的脚了，再也没有商人去辗转贩卖它了，那永恒的展翼啊！台北的暮色和尘色中，我看他和鹰绝尘而去，心中的冷热一时也说不清。

我是个爱鸟人吗？不是，我爱的那个东西必然不叫鸟，那又是什么呢？或许是鸟的振翅奋扬，是一掠而过，将天空横渡的意气风发。也许我爱的仍不是这个，是一种说不清的生命力的展示，是一种突破无限时空的渴求。

曾在翻译诗里爱过希腊废墟的漫草荒烟，曾在风景明信片上爱过夏威夷的明媚海滩，曾在线装书里迷上"黄河之水天上来"，曾在江南的歌谣里想自己驾一叶迷途于十里荷香的小舟……而半生碌碌，灯下惊坐，忽然发现魂牵梦萦的仍是中央山脉上一只我未曾及睹其生面的一只鹰鸟。

四十岁了，没有多余的情感和时间可以挥霍，且专致地爱脚跟下的这片土地吧！且虔诚地维护头顶的那片青天吧！生平不识一张牌，却生就了大赌徒的性格，押下去的那份筹码其数值自己也不知道，只知道是余生的岁岁年年，赌的是什么？是在我垂睫大去之际能看到较澄澈的河流，较清鲜的空气，较青翠的森林，较能繁息生养的野生生命……输赢何如？谁知道呢？但身经如此一番大搏，为人也就不枉了。

和丈夫去看一部叫《女人四十一枝花》的电影，回家的路上格格笑个不停，好莱坞的爱情向来是如此简单荒唐。

"你呢？"丈夫打趣，"你是不是女人四十一枝花？"

"不是，"我正色起来，"我是'女人四十一枚果'，女人四十岁还作花，也不是什么含苞盛放的花了，但是如果是果呢，倒是透青透青初熟的果子呢！"

一切正好，有看云的闲情，也有犹热的肝胆，有尚未收敛也不想收敛的遭人妒的地方，也有平凡敦实容许别人友爱的余裕，有高龄的父母仍容我娇痴无忌如稚子，也有广大的国家容我去展怀一抱如母亲，有霍然而怒的盛气，也有湛然一笑的淡然。

还有什么可说呢？芽嫩已过，花期已过，如今打算来做一枚果，待果熟蒂落，愿上天复容我是一粒核，纵身大化，在新着土处，期待另一度的芽叶。

只因为年轻啊

一 爱——恨

小说课上，正讲着小说，我停下来发问：

"爱的反面是什么？"

"恨。"

大约因为对答案很有把握，他们回答得很快而且大声，神情明亮愉悦，此刻如果教室外面走过一个不懂中国话的老外，随他猜一百次也猜不出他们唱歌般快乐的声音竟在说一个"恨"字。

我环顾教室，心里浩叹，只因为年轻啊，只因为太年轻啊，我放下书，说：

"这样说吧，譬如说你现在正谈恋爱，然后呢？分手了，过了五十年，你七十岁了，有一天，黄昏散步，冤家路窄，你们又碰到一起了，这时候，对方定定地看着你，说：

"'×××，我恨你！'

"如果情节是这样的，那么，你应该庆幸，居然被别人痛恨了半个世纪，恨也是一种很容易疲倦的情感，要有人恨你五十年也不简单，怕就怕在当时你走过去说：

"'×××，还认得我吗？'

"对方愣愣地呆望着你说：

"'啊，有点面熟，你贵姓？'"

全班学生都笑起来，大概想象中那场面太滑稽太尴尬吧？

"所以说，爱的反面不是恨，是漠然。"

笑罢的学生能听得进结论吗？——只因太年轻啊，爱和恨是那么容易说得清楚的一个字吗？

二　受　创

来采访的学生在客厅沙发上坐成一排，其中一个发问道：

"读你的作品，发现你的情感很细致，并且总是在关怀，但是关怀就容易受伤，对不对？那怎么办呢？"

我看了她一眼，多年轻的额，多年轻的颊啊，有些问题，如果要问，就该去问岁月，问我，我能回答什么呢？但她的明眸定定地望着我，我忽然笑了起来，几乎有点促狭的口气：

"受伤，这种事是有的——但是你要保持一个完完整整不受伤的自己做什么用呢？你非要把你自己保卫得好好的不可吗？"

她惊讶地望着我，一时也答不上话。

人生世上，一颗心从擦伤、灼伤、冻伤、撞伤、压伤、扭伤，乃至到内伤，哪能一点伤害都不受呢？如果关怀和爱就必须包括受伤，那么就不要完整，只要撕裂，基督不同于世人的，岂不正在那双钉痕宛在的受伤手掌吗？

小女孩啊，只因年轻，只因一身光灿晶润的肌肤太完整，你就舍不得碰撞就害怕受创吗？

三　经济学的旁听生

"什么是经济学呢？"他站在台上，戴眼镜，灰西装，声音平静，典型的中年学者。

台下坐的是大学一年级的学生，而我，是置身在这二百人大教室里偷偷旁听的一个。

从一开学我就昂奋起来，因为在课表上看见要开一门"社会科学概论"的课程，包括四位教授来设"政治""法律""经济""人类学"四个讲座。想起可以重新做学生，去听一门门对我而言崭新的知识，那份喜悦真是掩不住藏不严，一个人坐在研究室里都忍不住要轻轻地笑起来。

"经济学就是把'有限资源'做'最适当的安排'以得到'最好的效果'。"

台下的学生沙沙地抄着笔记。

"经济学为什么发生呢？因为资源'稀少'，不单物质'稀少'，时间也'稀少'，——而'稀少'又是为什么？因为，相对于'欲望'，一切就显得'稀少'了……"

原来是想在四门课里跳过经济学不听的，因为觉得讨论物质的东西大概无甚可观，没想到一走进教室来竟听到这一番解释。

"你以为什么是经济学呢？一个学生要考试，时间不够了，书该怎么念，这就叫经济学啊！"

我愣在那里反复想着他那句为什么有经济学——因为稀少——为什么稀少，因为欲望而麻颤惊动，如同山间顽崖愚壁偶闻大师说法，不免震动到石骨土髓格格作响的程度。原来整场生命也可作经济学来看，生命也是如此短小稀少啊！而人的不幸却在于那颗永远渴切不止的有所索求，有所跃动，有所未足的心，为什么是这样的呢？为什么竟是这样的呢？我痴坐着，任泪下如麻不敢去动它，不敢让身旁年轻的助教看到，不敢让大一年轻的孩子看到。奇怪，为什么他们都不流泪呢？只因为年轻吗？因年轻就看不出生命如果像戏，也只能像一场短短的独幕剧吗？"朝如青丝暮成雪"，乍起乍落的一朝一幕间又何尝真有少年与壮年之分？"急罚盏，夜阑灯灭"，匆匆如赴一场喧哗夜宴的人生，又岂有早到晚到早走晚走的分别？然而他们不悲伤，他们在低头记笔记。听经济学听到哭起来，这话如果是别人讲给我听的，我大概会大笑，笑人家的滥情，可是……

"所以，"经济学教授又说话了，"有位文学家卡莱亚这样形容：经济学是门'忧郁的科学'……"

我疑惑起来，这教授到底是因有心而前来说法的长者，还是以无心来度脱的异人？至于满堂的学生正襟危坐是因岁月尚早，早如揭衣初涉水的浅溪，所以才凝然无动吗？为什么五月山栀子的香馥里，独独旁听经济学的我为这被一语道破的短促而多欲的一生而又惊又痛泪如雨下呢？

四　如果作者是花

"年年岁岁花相似，岁岁年年人不同。"

诗选的课上，我把句子写在黑板上，问学生：

"这句子写得好不好？"

"好！"

他们的声音听起来像真心的，大概在强说愁的年龄，很容易被这样工整、俏皮而又怅惘的句子所感动吧？

"这是诗句，写得比较文雅，其实有一首新疆民谣，意思也跟它差不多，却比较通俗，你们知道那歌词是怎么说的？"

他们反应灵敏，立刻争先恐后地叫出来：

太阳下山明早依旧爬上来，

花儿谢了明年还是一样地开。

美丽小鸟飞去不回头，

我的青春小鸟一样不回来，

我的青春小鸟一样不回来。

那性格活泼的干脆就唱起来了。

"这两种句子从感性上来说，都是好句子，但从逻辑上来看，却有不合理的地方——当然，文学表现不一定要合逻辑，但是我还是希望你们看得出来问题在哪里。"

他们面面相觑，又认真地反复念诵句子，却没有一个人答得上来。我等着他们，等满堂红润而聪明的脸，却终于放弃了，只因太年轻啊，有些悲凉是不容易觉察的。

"你知道为什么说'花相似'吗？是因为陌生，因为我们不懂花，正好像一百年前，我们中国人很少看到外国人，所以在我们看起来，他们全是一个样子，而现在呢，我们看多了，才知道洋人和洋人大有差别，就算都是美国人，有的人也有本领一眼看出住纽约、旧金山和南方小城的不同。我们看去年的花和今年的花一样，是因为我们不是花，不曾去认识花，体察花，如果我们不是人，是花，我们会说：

"'看啊，校园里每一年都有全新的新鲜人的面孔，可是我们花却一年老似一年了。'

"同样的，新疆歌谣里的小鸟虽一去不回，太阳和花其实也是一去不回的，太阳有知，太阳也要说：

"'我们今天早晨升起来的时候，已经比昨天疲软苍老了，奇怪，人类却一代一代永远有年轻的面孔……'

"我们是人，所以感觉到人事的沧桑变化，其实，人世间何物没有生老病死，只因我们是人，说起话来就只能看到人的痛，你们猜，那句诗的作者如果是花，花会怎么写呢？"

"年年岁岁人相似，岁岁年年花不同。"他们齐声回答。

他们其实并不笨，不，他们甚至可以说很聪明，可是，刚才他们为什么全不懂呢？只因为年轻，只因为对宇宙间生命共有的枯荣代谢的悲伤有所不知啊！

五 高倍数显微镜

他是一个生物系的老教授，外国人，我认识他的时候他已经退休了。

"小时候，父亲是医生，他看病，我就站在他旁边，他说：'孩子，你过来，这是哪一块骨头？'我就立刻说出名字来……"

我喜欢听老年人说自己幼小时候的事，人到老年还不能忘的记忆，大约有点像太湖底下捞起的石头，是洗净尘泥后的硬瘦剔透，上面附着一生岁月所冲积洗刷出的浪痕。

这人大概注定要当生物学家的。

"少年时候，喜欢看显微镜，因为那里面有一片神奇隐秘的世界，但是看到最细微的地方就看不清楚了，心里不免想，赶快做出高倍数的新式显微镜吧，让我看得更清楚，让我对细枝末节了解得更透彻，这样，我就会对生命的原质明白得更多，我的疑难就会消失……"

"后来呢？"

"后来，果然显微镜愈做愈好，我们能看清楚的东西，愈来愈多，可是……"

"可是什么？"

"可是我并没有成为我自己所预期的'更明白生命真相的人'，糟糕的是比以前更不明白了，以前的显微镜倍数不够，有些东西根本没发现，所以不知道那里隐藏了另一段秘密，但现在，我看得愈细，知道的愈多，愈不明白了，原来在奥秘的后面还连着另一串奥秘……"

我看着他清癯渐消的颊和清灼明亮的眼睛，知道他是终于"认了"，半世纪以前，那意气风发的少年以为只要一架高倍数的显微镜，生命的秘密便迎刃可解，什么使他敢生出那番狂想呢？只因为年轻吧？只因为年轻吧？而退休后，在校园的行道树下看花开花谢的他终于低眉而笑，以近乎耍赖的口气说：

"没有办法啊，高倍数的显微镜也没有办法啊，在你想尽办法以为可以看到更多东西的时候，生命总还留下一段奥秘，是你想不通猜不透的……"

六　浪　掷

开学的时候，我要他们把自己形容一下，因为我是他们的导师，想多知道他们一点。

大一的孩子，新从成功岭下来，从某一点上看来，也只像高四罢了，他们倒是很合作，一个一个把自己尽其所能地描述了一番。

等他们说完了，我忽然觉得惊讶不可置信，他们中间照我来看分成两类，有一类说"我从前爱玩，不太用功，从现在起，我想要好好读点书"，另一类说"我从前就只知道读书，从现在起我要好好参加些社团，或者去郊游"。

奇怪的是，两者都有轻微的追悔和遗憾。

我于是想起一段三十多年前的旧事，那时流行一首电影插曲（大约是叫《渔光曲》吧），阿姨舅舅都热心播唱，我虽小，听到"月儿弯弯照九州"觉得是可以同意的，却对其中另一句大为疑惑。

"舅舅，为什么要唱'小妹妹青春水里流（或"丢"？不记得了）'呢？"

"因为她是渔家女嘛，渔家女打鱼不能去上学，当然就浪费青春啦！"

我当时只知道自己心里立刻不服气起来，但因年纪太小，不会说理由，不知怎么吵，只好不说话，但心中那股不服倒也可怕；可以埋藏三十多年。

等读中学听到"春色恼人"，又不死心地去问，春天这么好，为什么反而好到令人生恼，别人也答不上来，那讨厌的甚至眨眨狎邪的眼光，暗示春天给人的恼和"性"有关。但事情一定不是这样的，一定另有一个道理，那道理我隐约知道，却说不出来。

更大以后，读《浮士德》，那些埋藏许久的问句都汇拢过来，我隐隐知道那里有一番解释了。

年老的浮士德，坐对满屋子自己做了一生的学问，在典籍册页的阴影中他乍乍瞥见窗外的四月，歌声传来，是庆祝复活节的喧哗队伍。那一霎间，他懊悔了，他觉得自己的一生都抛掷了，他以为只要再让他年轻一次，一切都会改观。中国元杂剧里老旦上场照例都要说一句"花有重开日，人无再少年"（说得淡然而确定，也不知看戏的人惊不惊动），而浮士德却以灵魂押注，换来第二度的少年以及因少年才"可能拥有的种种可能"。可怜的浮士德，学究天人，却不知道生命是一桩太好的东西，好到你无论选择什么方式度过，都像是一种浪费。

生命有如一枚神话世界里的珍珠，出于沙砾，归于沙砾，晶光莹润的只是中间这一段短短的幻象啊！然而，使我们颠之倒之甘之苦之的不正是这短短的一段吗？珍珠和生命还有另一个类同之处，那就是你倾家荡产去买一粒珍珠是可以的，但反过来你要拿珍珠换衣换食却是荒谬的，就连镶成珠坠挂在美人胸前也是无奈的，无非使两者合作一场"慢动作的人老珠黄"罢了。珍珠只是它圆灿含彩的自己，你只能束手无策地看着它，你只能欢喜或喟然——因为你及时赶上了它出于沙砾且必然还原为沙砾之间的一段灿然。

而浮士德不知道——或者执意不知道，他要的是另一次"可能"，像一个不知是由于技术不好或是运气不好的赌徒，总以为只要再让他玩一盘，他准能翻本。三十多年前想跟舅舅辩的一句话我现在终于懂得该怎么说了，打鱼的女子如果算是浪掷青春的话，挑柴的女子岂不也是吗？读书的名义虽好听，而令人眼目为之昏眊，脊骨为之佝偻，还不该算是青春的虚掷吗？此外，一场刻骨的爱情就不算烟云过眼吗？一番功名利禄就不算滚滚尘埃吗？不是啊，青春太好，好到你无论怎么过都觉是浪掷，回头一看，都要生悔。

"春色恼人"那句话现在也懂了，世上的事最不怕的应该就是"兵来有将可挡，水来以土能掩"，只要有对策就不怕对方出招。怕就怕在一个人正小小心心地和现实生活斗阵，打成平手之际，忽然阵外冒出一个叫宇宙大化的对手，他斜里杀出一记叫"春天"的绝招，身为人类的我们真是措手不及。对着排天倒海而来的桃红柳绿，对着蚀骨的花香，夺魂的阳光，生命的豪奢绝艳怎能不令我们张皇无措，当此之际，真是不做什么即要懊悔——做了什么也要懊悔。春色之叫人气恼跺脚，就是气在我们无招以对啊！

回头来想我导师班上的学生，聪明颖悟，却不免一半为自己的用功后悔，一半为自己的爱玩后悔——只因年轻啊，只因太年轻啊，以为只要换一个方式，一切就扭转过来而无憾了。孩子们，不是啊，真的不是这样的！生命太完美，青春太完美，甚至连一场匆匆的春天都太完美，完美到像喜庆节日里一个孩子手上的气球，飞了会哭，破了会哭，就连一日日空瘪下去也是要令人哀哭的啊！

所以，年轻的孩子，连这么简单的道理你难道也看不出来吗？生命是一个大债主，我们怎么混都是他的积欠户。既然如此，干脆宽下心来，来个"债多不愁"吧！既然青春是一场"无论做什么都觉是浪掷"的憾意，何不反过来想想，那么，也几乎等于"无论诚恳地做了什么都不必言悔"，因为你或读书或玩，或作战，或打鱼，恰恰好就是另一个人叹气说他遗憾没做成的。

　　——然而，是这样的吗？不是这样的吗？在生命的面前我可以大发职业病做一个把别人都看作孩子的教师吗？抑或我仍然只是一个太年轻的蒙童，一个不信不服欲有所辩而又语焉不详的蒙童呢？

有求不应和未求已应

一

　　香港有间庙，叫黄大仙，香火一向鼎盛，原因很简单，据说此庙是"有求必应"的。人生是如此繁难多灾，亟待解决的问题是如此千头万绪，找个"有求必应"的靠山来仰仗一下，事情便过关了，这样的黄大仙怎能不受欢迎呢?

　　黄大仙一度也随着移民潮去了加拿大，不料水土不服，法力骤减，善男信女，也只能徒呼奈何。

华人似乎有其自设的对神明的检验标准，华人现实，所以规定神明应该乖乖地"有求必应"，它是"超级仆人"，它有义务把我们的梦想一一付诸实现。

二

然而，对我而言，回顾走过的路，如果我有什么可以感谢上苍的，恐怕不在于某些祈祷曾蒙垂听，而是在于某些祈祷始终不蒙成全。

过年了，我们祝福别人"心想事成"。那么，有没有人肯相信"心想事不成"，也可能是一项更大的祝福呢？

年少的时候，一个柔发及肩的女子或一个黑睛凝静的男子，都能令我们目眩神迷、魂不守舍。但那人却始终并没有发现你的那把幽埋在心底深处的熔岩一般的恋火。你祈祷，你哀告，你流泪，你说：

"让那人看见我吧！让那人钟情我吧！"

然而神明不理你，天地也麻木漠然，没有一点同情。你哀婉欲死，事情就这样结束了，可是，二十年后，你又看见那人，那人风华已老，谈吐无趣，那人身旁的配偶也伧俗黯败。你惊讶万分，原来那人并不出色，原来当年上苍不曾俯听你的祈求是一项极为仁慈的安排。你其实另有仙侣，你原来命中注定要跟更好的人生出更好的孩子，你所渴想的虽不曾"心想事成"但事情却发展得更好，超乎我们的祈求和梦想。

三

还有，你诅咒过人吗？

"去死！去死！早死早干净！"你曾经恶狠狠地这样说过吗？

这种诅咒有时矛头也会翻转过来针对自己：

"我巴不得我死掉才好！"

为了表示心意坚决，你说得一字字铮然有声，如铁石相击，并且火花四射。

碰到这种时候，如果有位新上任的笨笨的天使听到了"我的志愿"（这个中学时代常见的作文题目），于是立刻开恩为你成就了。天哪！那么你我周围真不知要枉死多少人了！其中包括老板、上司、总统或部长、行骗的商家、出轨的情人、可恨的竞争对手、讨厌的同事、对你性骚扰的人，以及至亲如兄弟姊妹夫妻子女的人……当然，很可能也包括你我自己。真不敢想象那种横尸遍野的惨相。

好在上帝很懂语意学（Semantics），众天使也多半经验老到，不至让你我的恶心妄念"心想事成"。想来老天使大概常常告诫小天使：

"千万注意哦！如果你听到诅咒人死的祈愿，千万别当真啦！那只代表说话的人自己气疯了。别管他，等等就好了。你如果真照着世人一时的祈望为甲杀乙，为乙杀丙，那么全世界的人不出三天全部都死光光了，这样，我们天使岂不要集体失业了？反正，大家都不免是别人恨之入骨的人。人类成天不是你恨我，便是我恨他，我们天使不必再插一脚。世人虽坏，但也没坏到该全体灭种的程度，所以，就让他们心想事不成好了。"

对，好在"心想事不成"。啊，在我还没有成为纯洁无瑕的圣人之前，在贪念痴迷和愚妄仍是我主要本质的时候，上帝，求你务必不要成全我无知的要求或诅咒吧！

是的，我祈求财富，你不给我，你说，整个城市的人都在俭俭省省、巴巴结结，量入为出，你有什么权利要求锦衣玉食、挥金如土？财富是一种厄运，你会因而从常民的生活中被判出局。你会从此听不懂好些贫苦兄弟姊妹的告白。想想看，你虽不富，但一副不必背着黄金宝囊的肩膀是多么轻省啊！

我祈望绝世的美丽，奇迹并没有发生，你说，如果蜜蜂没有索取金冠，蚂蚁没有祷求珠履，你又何须湖水般的澄目或花瓣似的红唇呢？一双眼，只要读得懂人间疾苦，也就够了吧？两片唇，只要能轻轻吟出自己心爱的古老诗句，也就够了吧？

我向往聪明，我梦想自己是天纵之才，但你背过脸去，对我的陈述不予理会。你说："孩子，我爱你，我何忍把这么锋刃的利剑给你？你会因而皮破血流，筋断脉绝的。你就用你那一点点小才干去努力、去困顿、去撞头、去验证吧！你在百思不辨、千思不解之余收获的心得，其实反而更能和世人对话。才高八斗之人如万丈瀑布，壮观虽壮观，其下却难于汲水。你就安心做一注小小山泉，涓滴不绝，可鉴可饮，不是也很好吗？"

"可不可以给我一张玫瑰花瓣堆叠的芳香软床？"

"我搞不懂你要那么奇怪的东西来干什么？"你说，"但我会给你甜美，如一坛陈年冬蜜的凝定睡眠。"

"赠我红宝石的坠子，让我的颈项因而华美璀璨！"

"偏不，"你说，"但我会让你家南面阳台的蝴蝶兰今年春天开出艳紫的云霞！"

"让我全然健康，无病无痛，这一点，总不算要求过分吧？"

"不，"你说，"我赐你友谊，你和你的朋友会因同病而相怜，且相恤相濡。"

四

美国诗人佛洛斯特曾有一首诗，谈及森林中有两条小路，他选择了一条，却不免好奇，如果踏上的是另一条路呢？会有更迷人的风景吗？会有更平坦的地面吗？会有更柔软厚实的落叶吗？会有更响彻云霄的鸟鸣或更为柔和芬芳的清风吗？

啊！我为我自己走过的路感谢，我也为我糊里糊涂踏上的另一条路而感谢。感谢我那些小小的心愿和祈祷，在一路行来之际曾蒙垂听成全，更感谢那些未蒙应允的夙愿。原来"心想事不成"也是好事一桩，原来"有求不应"也大可以另起佳境。原来另一条路有可能是更好的路，虽然是被逼着走上去的。

唐人张谓有句这样的诗："看花寻径远，听鸟入林迷。"人生的途程不也如此吗？每一条规划好的道路、每一个经纬坐标明确固定的位置，如果依着手册的指示而到达了固然可羡可慕，但那些"未求已应"的恩惠却更令人惊艳。那被嘤嘤鸟鸣所引渡而到达的迷离幻域，那因一朵花的呼唤而误闯的桃源，才是上天更慷慨的福泽的倾注。

曾经，我急于用我的小手向生命的大掌中掏取一粒粒耀眼的珍宝，但珍宝乍然消失，我抓不到我想要的东西。可是，也在这同时，我知道我被那温暖的大手握住了。手里没有东西，只有那双手掌而已，那掌心温暖厚实安妥，是"未求已应"的生命的触握。

高处何所有

——赠给毕业同学

很久很久以前，在一个很远很远的地方，一位老酋长正病危。

他找来村中最优秀的三个年轻人，对他们说：

"这是我要离开你们的时候了，我要你们为我做最后一件事，你们三个都是身强体壮而又智慧过人的好孩子，现在，请你们尽其可能地去攀登那座我们一向奉为神圣的大山，你们要尽其可能爬到最高超最凌越的地方，然后，折回头来告诉我你们的见闻。"

三天后，第一个年轻人回来了，他笑生双靥，衣履光鲜：

"酋长，我到达山顶了，我看到繁花夹道，流泉淙淙，鸟鸣嘤嘤，那地方真不坏啊！"

老酋长笑笑说：

"孩子，那条路我当年也走过，你说的鸟语花香的地方不是山顶，而是山麓，你回去吧！"

一周以后，第二个年轻人也回来了，他神情疲倦，满脸风霜：

"酋长，我到达山顶了，我看到高大肃穆的松树林，我看到秃鹰盘旋，那是一个好地方。"

"可惜啊！孩子，那不是山顶，那是山腰，不过，也难为你了，你回去吧！"

一个月过去了，大家都开始为第三位年轻人的安危担心，他却一步一蹭，衣不蔽体地回来了，他发枯唇燥，只剩下清炯的眼神：

"酋长，我终于到达山顶了，但是，我该怎么说呢？那里只有高风悲旋，蓝天四垂。"

"你难道在那里一无所见吗？难道连蝴蝶也没有一只吗？"

"是的，酋长，高处一无所有，你所能看到的，只有你自己，只有'个人'被放在天地间的渺小感，只有想起千古英雄的悲激心情。”

“孩子，你到的是真的山顶，按照我们的传统，天意要立你做新酋长，祝福你。”

真英雄何所遇？他遇到的是全身的伤痕，是孤单的长途，以及愈来愈真切的渺小感。

比讲理更多

这世上有人不跟我们讲道理，我们赚的钱，他们来偷，我们跟他签契约，他们不遵守，我们对他好，他却忘恩负义，这种人，我们叫他们"坏人"。

好在这世上大部分的人肯和我们讲道理，或者接近讲道理。我们买了车票，便可以上车；我们向对方点头，多半能收回微笑，或者咧嘴；我们付出半斤猪肉的价钱，多半可以买到七两（十六两制）的猪肉回来，这种人，我们叫他们"普通的人"。

但是，这世界上，却有一些人，比肯讲理的人对我们更好，这种人无以名之，勉强说，他们是"有恩于我们的人"。

譬如我们问路，那素昧平生的路人，不但愿意详细告诉你，甚至还肯陪你走一段；或像我们小时候的老师，容忍我们的迟钝和愚笨，向我们不厌其详地解释一道数学题。或者是有花的春天早晨，有茶的冬天深夜，我们偶然翻书，翻到远在二千年前或此刻生活在八万里外一位哲人的智慧，当下恨不得找他们道谢，但他们却不知身在何处？而我们，何德何能，却大模大样地享受着哲人一生苦思焦虑的智慧结晶，接受他们惊人的可爱的"人生导游"，他们待我们如此之好，远远超过我们本分应得的。事实上，这个世界上，待我们恩情超出"常理之外"的人太多了。

至于我们自己呢？是不是一板一眼地和别人进行数学式的，讲理而毫不吃亏的人生交易呢？或者，我们肯比讲"理"更多走一步，走到不与人计较的"情"的世界里来呢？

待理

　　我梦见我在整理东西，并且在屋子里摸摸索索地走来走去。
整理东西倒不奇怪，我这半生都在整理东西，并且一直也没整理好。
其中大而言之，是想整理自己，自己的所爱所憎所欲所求所歌所哭；
小而言之，是想整理好桌上的信件，柜中的资料，黄昏时从斜阳
里收回来的衣服，或者一阵雨后满阳台的落叶。

　　我一直都在整理，并且一直也没整理好，例如一颗女儿小时

落下的乳牙，我每次把它从桌上拿起来，迟疑许久，想用资料分类法的观念把它放入什么地方去，可是，女儿是我的骨肉，乳牙是她的骨肉，对于骨肉的骨肉，我偏着头呆想，不知哪一种档案里可以容它。于是，我又把它放回桌上，我的桌子至今仍是"待整理"状态，人世间原有太多归不了档的东西。

而在梦中，我忽然翻出了一件大东西，我费力地辨认那东西，发现是一个人体！我再仔细看，原来是死去许久的人体，干而脆，并且极轻，摸起来像陈年的旧灯笼，内层是支离破碎的竹篾，外层是剥落的薄纸，我追根究底地又看了一遍，才有一个惊人的大发现，那不是别人，它正是我自己，梦里的我不免纳闷道：

"奇怪，原来我死了，怎么都没有人来告诉我一声？"

我忽然决定要去埋她，这一次决定做得干脆利落，与我平时整理杂物的作风完全不同。

然后，我醒了并且听到四月清晨雀鸟的碎语，我忽然不知道该怎么整理这段梦。不是前天梦中还傻里傻气为了答不出考卷上的问题而急得自以为仍是"考试如天大"的十六岁小女孩吗？怎么忽然之间又把回望的头向前看，并且看到了死亡？更奇怪的是居然我已成灰成尘，仿佛死在古代的汉墓或大漠沙冢中的女子，难道梦中的我是千年后的我，偶发清兴，又来这世上整理旧档案吗？

一向被朋友看作积极乐观，其实就我自己而言，我只承认"贪心"，像抓住满把糖果舍不得放手的小孩，既枕烟雨，又爱晴岚；既仰古松千丈，复不免恋栈于伏在阴湿处的小苍苔。然而，我之所以贪惜，之所以疼热，恐怕都是由于深知这一切皆是稍纵即逝，那些秉烛夜游的人，那些皓首穷经的人，那些餐霞饮露以修道的人，其基本背景恐怕皆是由于感知生命的大悲凉与大怆痛吧！

今年春天，我对友人说：

"我相信爱情，不相信生命，虽然前者也脆弱。"

生命是一项随时可以中止的契约，爱情在最酽美的时候，却可以跨越生死。

推醒身边那人，我絮絮地说着自己的梦，他听完了，忽然拥住我，答非所问地说：

"谢谢！谢谢你！"

"谢？谢什么？"

"谢谢你仍然活着，并且在我身边。"

我一时语哽，忽然，我发觉了更多有待整理的纷杂，只是，我真的要整理它吗？

鼻子底下就是路

走下地下铁，只见中环车站人潮汹涌，是名副其实的"潮"，一波复一波，一涛叠一涛。在世界各大城的地下铁里，香港开始得晚，反而后来居上，做得非常壮观利落。但车站也的确大，搞不好明明要走出去的却偏偏会走回来。

我站住，盘算一番，要去找个人来问话。虽然满车站都是人，但我问路自有我精挑细选的原则：

第一，此人必须慈眉善目，犯不上问路问上凶煞恶神。

第二，此人走路速度必须不徐不疾，走得太快的人你一句话没说完，他已窜到十公尺外去了，问了等于白问。

第三，如果能碰到一对夫妇或情侣最好，一方面"一箭双雕"，两个人里面至少总有一个会知道你要问的路，另一方面大城市里的孤身女子甚至孤身男子都相当自危，陌生人上来搭话，难免让人害怕，一对人就自然而然的胆子大多了。

第四，偶然能向慧黠自信的女孩问上话也不错，她们偶或一时兴起，也会陪我走上一段路的。

第五，站在路边作等人状的年轻人千万别去问，他们的一颗心早因为对方的迟到急得沸腾起来，哪里有情绪理你，他和你说话之际，一分神说不定就和对方错开了，那怎么可以！

今天运气不错，那两个边说边笑的、衣着清爽的年轻女孩看起来就很理想，我于是赶上前去，问：

"母该垒（'不该你'，即对不起之意），'德辅道中'顶航（顶是'怎'的意思，航是'行走'的意思）？"我用的是新学的广东话。

"啊！果边航（这边行）就得了（就可以了）！"

两人还把我送到正确的出口处，指了方向，甚至还问我是不是台湾来的，才道了再见。

其实，我皮包里是有一份地图的，但我喜欢问路，地图太现代感了我不习惯，我仍然喜欢旧小说里的行路人，跨马来到三岔路口，跳下马唱声喏，对路边下棋的老者问道：

"老伯，此去柳家庄悦来客栈打哪里走？约摸还有多远脚程？"

老者抬头，骑者一脸英气逼人，老者为他指了路，无限可能的情节在读者面前展开……我爱的是这种问路，问路几乎是我碰到机会就要发作的怪癖，原因很简单，我喜欢问路。

至于我为什么喜欢问路，则和外婆有很大的关系。外婆不识字，且又早逝，我对她的记忆多半是片段的，例如她喜欢自己捻棉成线，工具是一只筷子和一枚制钱，但她令我最心折的一点却是从母亲处听来的：

"小时候，你外婆常支使我们去跑腿，叫我们到××路去办事，我从小胆小，就说：'妈妈，那条路在哪里？我不会走啊！'你外婆脾气坏，立刻骂起来：'不认路，不认路，你真没用，路——鼻子底下就是路。'我听不懂，说：'妈妈，鼻子底下哪有路呀？'后来才明白，原来你外婆是说鼻子底下就是嘴，有嘴就能问路！"

我从那一刹那立刻迷上我的外婆，包括她的漂亮，她的不识字的智慧，她把长工短工田产地产管得井井有条的精力以及她蛮横的坏脾气。

由于外婆的一句话，我总是告诉自己，何必去走冤枉路呢？宁可一路走一路问，宁可在别人的恩惠和善意中立身，宁可像赖皮的小幺儿去仰仗哥哥姐姐的威风。渐渐地才发现能去问路也是一项权利，是立志不做圣贤不做先知的人的最幸福的权利。

每次，我所问到的，岂止是一条路的方向，难道不也是冷漠的都市人的一颗犹温的心吗？而另一方面，在人生的版图上我不自量力，叩前贤以求大音，所要问的，不也是可渡的津口可行的阡陌吗？

每一次，我在陌生的城里问路，每一次我接受陌生人的指点和微笑，我都会想起外婆，谁也不是一出世就藏有一张地图的人，天涯的道路也无非边走边问，一路问出来的啊！

劫后

　　那天早晨大概是被白云照醒的，我想。云影一片接一片地从窗前扬帆而过，带着秋阳的那份特殊的耀眼。

　　阳光是真的出现了，阳光差不多可以嗅得出来——在那么长久的风雨和阴晦之后。我没有带伞便走了出去，澄碧的天空值得信任。

　　琉公圳的水退了，两岸的垂柳仍沾惹着黯淡的黑泥，那一夜它们必然曾经浸在泥泞的大水中。还有那些草，不知它们那一夜曾以怎样的荏弱去抗拒怎样的坚强。我只知道——凭着今天的阳光我知道——有一天，柳丝仍将毵毵如金，芳草将仍萋萋胜碧，生命永不会被击倒。

有些孩子，赤着脚在退去的水中嬉玩，手里还捏着刚捉到的泥腥的小鱼。欢乐仍在，游戏仍在，贫困中自足的怡情仍在。

巷子里，巷子外，快活的工人爬在屋顶和墙头上。调水泥的声音，砌砖块的声音，钉木桩的声音，那么协调地响在发亮的秋风里。受创的记忆忽然间变得很遥远，眼前只有音乐——这灾劫之后美丽的重建之声。于是便想起战争，想起使人类恐惧了很久却未出现的战争。忽然觉得并没有什么可怕，如果在那时只剩下一对男女，他们仍将削木为梳，裁叶为衣，并且举火为炊。生活的弦将永不辍断。

局促的瓦屋前，人人将团花的旧被撑在椅子上。微温的阳光下，那俗艳的花朵竟也出奇的动人。今夜，松香的软褥上，将升起许多安恬的梦。今夜将无风，今夜将无雨，今夜是可预料的甜蜜。

街头重新有了拥挤不堪的车辆和人群，车子停滞不前，大家都耐心地等着。灾劫之后，似乎人性变得和善了一些，也不十分在乎这几分钟的耽延了。交通车里，平常不交一言的同事也开始互相问询：

"府上还好吗？"

"还好，没有什么。"

"只进了一尺水。"

"我们家的水已经齐胸了。"

话题很愉快，余痛已不再写在脸上。每个人都高高兴兴的像负了伤仍然自豪的战士，去努力于恢复旧有的秩序。似乎大家都发现能有一张餐桌可供食，有一张干燥的旧床可供憩息是多么美好幸福的事。

菜场里再度熙攘起来，提着篮子的主妇愉快地穿梭着，并且重新有了还价的兴致。我第一次发现满筐的鸡蛋看来竟有那么圆润可爱。那微赤带褐的洛岛红，那晶莹欲穿的来亨，都像是什么战争中赢来的珠宝，被放在显要的位置上炫耀它所代表的胜利——在十一级的风之后，在十二级的水之后。

隔楼的琴声在久久的沉寂后终于响起，那既不成熟又不动听的旋律却令人几乎垂泪。在灾变之后，我忽然关心起那弹琴的小女孩，想她必然也曾惊悸过，哭泣过。而此刻，她的琴声里重新响起稳定而幸福的感觉，像一阕安眠曲，平复了日间的忧伤。

简单的琴声里，我似乎渐渐能看见那些山石下的死者，那些波涛中的生者，一刹那间，他们仿佛都成了我的弟兄。我与那些素未谋面的受难者同受苦难，我与那些饥寒的人一同饥寒。有时候，我甚至能亲切地想到几万年前的古人，在那个落地玻璃被吹破，黑暗中榉木地板上流着雨水的夜里，我便那么确实地感到他们的战栗，以及他们的不屈。我第一次稍稍了解那些在矿灾之后地震之余的手足。我第一次感到他们的眼泪在我的眼眶中流转，我第一次感到他们的悲哀在我的血管中翻腾。

于是学会了为阳光感谢——因为阴晦并非不可能。学会了为平静而索味的日子感谢——因为风暴并非不可能。学会了为粗食淡饭感谢——因为饥饿并非不可能。甚至学会了为一张狰狞的面目感谢——因为有一天，我们中间不知谁便要失去这十分脆弱的肉体。

并且，那么容易地便了解了每一件不如意的事，似乎原来都可以更不如意。而每一件平凡的事，都是出于一种意外的幸运。日光本来并不是我们所应得的。月光也未曾向我们索取过户税。还有那些焕然一天的星斗，那些灼热了四季的玫瑰，都没有服役于我们的义务。只因我们已习惯于它们的存在，竟至于习惯得不再激动，不再觉得活着是一种恩惠，不再存着感戴和敬畏。但在风雨之后，一切都被重新思索，这才忽然惊喜地发现，一年之中竟有那么多美好的日子——每一天，都是一个欢欣的感恩节。

有一天，当许多许多年之后，或许在一个多萤的夏夜，或许在一个炉火半温的冬天黄昏，我们会再提起艾尔西和芙劳西，会提起那交加的风灾雨劫，但我们会欢欣地复述，不以它为祸，只以它为一则奇妙耐听的老故事。

我们将淡忘那些损失，我们不复记忆那些恐惧。我们只将想到那停电的夜里，家人共围着一支小红烛的美好画面。我们将清晰地记起在四方风雨中，紧拥着一个哭泣的孩童，并且使他安然入睡的感觉，那时候那孩子或许已是父亲。我们更将记得灾劫之后的阳光，那样好得无以复加地落在受难者的门楣上。

有些人

有些人，他们的姓氏我已遗忘，他们的脸却恒常浮着——像晴空，在整个雨季中我们不见它，却清晰地记得它。

那一年，我读小学二年级，有一个女老师——我连她的脸都记不起来了，但好像觉得她是很美的，（有哪一个小学生心目中的老师不美呢？）也恍惚记得她身上那片不太鲜丽的蓝。她教过我们些什么，我完全没有印象，但永远记得某个下午的作文课，一位同学举手问她"挖"字该怎么写，她想了一下，说：

"这个字我不会写，你们谁会？"

我兴奋地站起来，跑到黑板前写下了那个字。

那天，放学的时候，当同学们齐声向她说"再见"的时候，她向全班同学说：

"我真高兴，我今天多学会了一个字，我要谢谢这位同学。"

我立刻快乐得有如肋下生翅一般——我生平似乎再没有出现那么自豪的时刻。

那以后，我遇见无数学者，他们尊严而高贵，似乎无所不知。但他们教给我的，远不及那个女老师的多。她的谦逊，她对人不吝惜的称赞，使我忽然间长大了。

如果她不会写"挖"字，那又何妨，她已挖掘出一个小女孩心中宝贵的自信。

有一次，我到一家米店去。

"你明天能把米送到我们的营地吗？"

"能。"那个胖女人说。

"我已经把钱给你了，可是如果你们不送，"我不放心地说，"我们又有什么证据呢？"

"啊！"她惊叫了一声，眼睛睁得圆突突，仿佛听见一件耸人听闻的罪案，"做这种事，我们是不敢的。"

她说"不敢"两字的时候，那种敬畏的神情使我肃然，她所敬畏的是什么呢？是尊贵古老的卖米行业？还是"举头三尺即有神明"。

她的脸，十年后的今天，如果再遇到，我未必能辨认，但我每遇见那无所不为的人，就会想起她——为什么其他的人竟无所畏惧呢！

有一个夏天，中午，我从街上回来，红砖人行道烫得人鞋底都要烧起来似的。

忽然，我看到一个衣衫褴褛的中年人疲软地靠在一堵墙上，他的眼睛闭着，黎黑的脸扭曲如一截枯根，不知在忍受什么？

他也许是中暑了，需要一杯甘冽的冰水。他也许很忧伤，需要一两句鼓励的话，但满街的人潮流动，美丽的皮鞋行过美丽的人行道，但没有人驻足望他一眼。

我站了一会儿，想去扶他，但我闺秀式的教育使我不能不有所顾忌，如果他是疯子，如果他的行动冒犯我——于是我扼杀了我的同情，让自己和别人一样地漠然离去。

那个人是谁？我不知道，那天中午他在眩晕中想必也没有看到我，我们只不过是路人。但他的痛苦却盘踞了我的心，他的无助的影子使我陷在长久的自责里。

上苍曾让我们相遇于同一条街，为什么我不能献出一点手足之情，为什么我有权漠视他的痛苦？我何以怀着那么可耻的自尊？如果可能，我真愿再遇见他一次，但谁又知道他在哪里呢？

我们并非永远都有行善的机会——如果我们一度错过。

那陌生人的脸于我是永远不可弥补的遗憾。

对于代数中的行列式，我是一点也记不清了。倒是记得那细瘦矮小貌不惊人的代数老师。

那年七月，当我们赶到联考考场的时候，只觉整个人生都摇晃起来，无忧的岁月至此便渺茫了，谁能预测自己在考场后的人生？

想不到的是代数老师也在那里，他那苍白而没有表情的脸竟会奔波过两个城市而在考场上出现，是颇令人感到意外的。

接着，他蹲在泥地上，拣了一块碎石子，为特别愚鲁的我讲起行列式来。我焦急地听着，似乎从来未曾那么心领神会过。泥土的大地可以成为那么美好的纸张，尖锐的利石可以成为那么流丽的彩笔——我第一次懂得，他使我在书本上的朱注之外了解了所谓"君子谋道"的精神。

那天，很不幸的，行列式没有考，而那以后，我再没有碰过代数书，我的最后一节代数课竟是蹲在泥地上上的。我整个的中学教育也是在那无墙无顶的课室里结束的，事隔十多年，才忽然咀嚼出那意义有多美。

代数老师姓什么？我竟不记得了，我能记得国文老师所填的许多小词，却记不住代数老师的名字，心里总有点内疚。如果我去母校查一下，应该不甚困难，但总觉得那是不必要的，他比许多我记得住姓名的人不是更有价值吗？

戈壁酸梅汤
和低调幸福

所谓幸福，就是活着，就是在盛暑苦热的日子喝一杯甘冽心脾的酸梅汤。

我想走进那则笑话里去

围坐喝茶的深夜，听到这样的笑话：

有个茶痴，极讲究喝茶，干脆去住在山高泉冽的地方，他常常浩叹世人不懂品茶。如此，二十年过去了。

有一天，大雪，他瀹水泡茶，茶香满室，门外有个樵夫叩门，说：

"先生啊！可不可以给我一杯茶喝？"

茶痴大喜，没想到饮茶半世，此日竟碰上闻香而来的知音，立刻奉上素瓯香茗，来人连尽三杯，大呼，好极好极，几乎到了感激涕零的程度。

茶痴问来人：

"你说好极，请说说看，这茶好在哪里？"

樵夫一面喝第四杯，一面手舞足蹈：

"太好了，太好了，我刚才快要冻僵了，这茶真好，滚烫滚烫的，一喝下去，人就暖和了。"

因为说的人表演得活灵活现，一桌子的人全笑了，促狭的人立刻现炒现卖，说：

"我们也快喝吧，这茶好吧！滚烫哩！"

我也笑，不过旋即悲伤。

人方少年时，总有些沉溺于美。喝茶，算是生活美学里的一部分。凡有条件可以在喝茶上讲究的人总舍不得不讲究。及至中年，才不免悯然发现，世上还有美以外的东西。

大凡人世中的美，如音乐，如书法，如室内设计，如舞蹈，总要求先天的敏锐加上后天的训练。前者是天分，当然足以傲人，后者是学养，也是可以自豪的。因此，凡具有审美眼光之人，多少都不免骄傲孤慢吧？《红楼梦》里的妙玉已是出家人，独于"美字头上"勘不破，光看她用隔年雨水招待贾母刘姥姥喝茶，喝完了，她竟连"官窑脱胎白盖碗"也不要了——因为嫌那些俗人脏。

黛玉平日虽也是个小心自敛的寄居孤女，但一谈到美，立刻扬眉瞬目，眼中无人，不料一旦碰上妙玉，也只好败下阵来，当时妙玉另备好茶在内室相款，黛玉不该问了一句：

"这也是旧年的雨水？"

妙玉冷笑一声：

"你这么个人，竟是个大俗人，连水也尝不出来！这是五年前我在玄墓蟠香寺住着收的梅花上的雪，统共得了那一鬼脸青的花瓮一瓮，总舍不得吃，埋在地下，今年夏天才开了，我只吃过一回，这是第二回了。你怎么尝不出来？隔年蠲的雨水，哪有这样清凉？如何吃得？"

风雅绝人的黛玉竟也有遭人看作俗物的时候，可见俗与不俗有时也有点像才与不才，是个比较上的问题。

笑话里的俗人樵夫也许可笑，——但焉知那"茶痴"碰到"超级茶痴"的时候，会不会也遭人贬为俗物？

为了不遭人看为俗气，一定有人累得半死吧！美学其实严酷冷峻，间不容发。其无情处真不下于苛官厉鬼。

日本十六世纪有位出身寒微的木下藤吉郎，一度改名羽柴秀吉，后来因为军功成为霸主，赐姓丰臣，便是后世熟知的丰臣秀吉。

他位极人臣之余很想立刻风雅起来，于是拜了禅僧千利休学茶道。一切作业演练都分毫不差，可是千利休却认为他全然不上道。一日，丰臣秀吉穿过千利休的茶庵小门，见墙上插花一枝，赶紧跑到师父面前，巴巴地说了一句看似开悟的话：

"我懂了！"

千利休笑而不答——唉！我怀疑这千利休根本是故布陷阱。见到花而大叫一声"我懂了"的徒弟，自以为因而可以去领"风雅证书"了，却是全然不解风情的。我猜千利休当时的微笑极阴险也极残酷。不久之后，丰臣就借故把千利休杀了，我敢说千利休临刑之际也在偷笑，笑自己有先见之明，早就看出丰臣秀吉不能身列风雅之辈。

丰臣秀吉大概太累了，"风雅"两字令他疲于奔命，原来世上还有些东西比打仗还辛苦。不如把千利休杀了，从此一了百了。

相较之下，还是刘姥姥豁达，喝了妙玉的茶，她竟敢大大方方地说：

"好虽好，就是淡了些。"

众人要笑，由他去笑，人只要自己承认自己蠢俗，神经不知可以少绷断多少根。

　　那一夜，在众人的哄笑声中，我真想走到那则笑话里去，我想站在那茶痴面前，他正为樵夫的一句话气得跺脚，我大声劝他说："别气了，茶有茶香，茶也有茶温，这人只要你的茶温不要你的茶香，这也没什么呀！深山大雪，有人因你的一盏茶而免于僵冻，你也该满足了。是这人来——虽然是俗人——你才有机会得到布施的福气，你也大可以望天谢恩了。"

　　怀不世之绝技，目高于顶，不肯在凡夫俗子身上浪费一丝一毫美，当然也没什么不对。但肯起身为风雪中行来的人奉一杯热茶，看着对方由僵冷而舒活起来，岂不更为感人——只是，前者的境界是绝美的艺术，后者大约便是近乎宗教的悲悯淑世之情了。

生活赋

——生活是一篇赋，萧索的由绚丽而下跌的令人悯然的长门赋——

巷　底

巷底住着一个还没有上学的小女孩，因为脸特别红，让人还来不及辨识她的五官之前就先喜欢她了——当然，其实她的五官也挺周正美丽，但让人记得住的，却只有那一张红扑扑的小脸。

不知道她有没有父母，只知道她是跟祖母住在一起的，使人吃惊的是那祖母出奇的丑，而且显然可以看出来，并不是由于老才丑的。她几乎没有鼻子，嘴是歪的，两只眼如果只是老眼昏花倒也罢了，她的还偏透着邪气的凶光。

她人矮，显得叉着脚走路的两条腿分外碍眼，我也不知道她怎么受的，她已经走了快一辈子路了，却是永远分明是一只脚向东，一只脚朝西。

她当日做些什么，我不知道，印象里好像她总在生火，用一只老式的炉子，摆在门口当风处，劈里啪啦地扇着，嘴里不干不净地咒着。她的一张丑皱的脸模糊地隔在烟幕之后，一双火眼金睛却暴露得可以直破烟雾的迷阵，在冷湿的落雨的黄昏，行人会在猛然间以为自己已走入邪恶的黄雾——在某个毒瘴四腾的沼泽旁。

她们就那样日复一日地住在巷底的违章建筑里，小女孩的红颊日复一日地盛开，老太婆的脸像经冬的风鸡日复一日地干缩，炉子日复一日的像口魔缸似的冒着张牙舞爪的浓烟。

——这不就是生活吗？一些稚拙的美，一些惊人的丑，以一种牢不可分的天长地久的姿态栖居在某个深深的巷底。

糍糯车

不知在什么时候，由什么人，补造了"糍""糯"两个字。（武则天也不过造了十九个字啊！）

曾有一个古代的诗人，吃了重阳节登高必吃的"糕"，却不敢把"糕"字放进诗篇。"《诗经》里没用过'糕'字啊，"他分辩道，"我怎么能贸然把'糕'字放在诗里去呢？"

正统的文人有一种可笑而又可敬的执着。

但老百姓全然不管这一回事，他们高兴的时候就造字，而且显然也很懂得"形声"跟"会意"的造字原则。

我喜欢"糍糯"这两个字，看来有一种原始的毛氄氄的感觉。

我喜欢"糍糯"，虽然它的可口是一种没有性格的可口。

我喜欢糍糯车，我形容不来那种载满了柔软、甜蜜、香腻的小车怎样在孩子群中贩卖欢乐。糍糯似乎只卖给小孩，当然有时也卖给老人——只是最后不免仍然到了孩子手上。

我真正最喜欢的还是糍糯车的节奏，不知为什么，所有的糍糯车都用它们这一行自己的音乐，正像修伞的敲铁片，卖馄饨的敲碗，卖番薯的摇竹筒，都各有一种单调而粗糙的美感。

糍糯车用的"乐器"是一个转轮，轮子转动处带起一上一下的两根铁杆，碰得此起彼落的"空""空"地响，不知是不是用来象征一种古老的舂米的音乐。讲究的小贩在两根铁杆上顶着布袋娃娃，故事中的英雄和美人，便一起一落地随着转轮而轮回起来了。

铁杆轮流下撞的速度不太相同，但大致是一秒钟响二次，或者四次。这根起来，那根就下去；那根起来，这根就下去。并且也说不上大起大落，永远在巴掌大的天地里沉浮。沉下去的不过沉一个巴掌，升上去的亦然。

跟着糁糯车走，最后会感到自己走入一种寒栗的悸怖。陈旧的生锈的铁杆上悬着某些知名的和不知名的帝王将相，某些存在的或不存在的后妃美女，以一种绝情的速度彼此消长，在广漠的人海中重复着一代与一代之间毫无分别的乍起乍落的命运。难道这不就是生活吗？以最简单的节奏叠映着占卜者口中的"凶""吉""悔""咎"。嘀嗒之间，跃起落下，许多生死祸福便已告完成。

无论什么时候，看到糁糯车，我总忍不住地尾随而怅望。

食橘者

冬天的下午，太阳以漠然的神气遥遥地笼罩着大地，像某些曾经蔓烧过一夏的眼睛，现在却浑然遗忘了。

有一个老人背着人行道而坐，仿佛已跳出了杂沓的脚步的轮回，他淡淡地坐在一片淡淡的阳光里。

那老人低着头，很专心地用一只小刀在割橘子皮。那是"椪柑"种的橘子，皮很松，可以轻易地用手剥开，他却不知为什么拿着一把刀工工整整地划着，像个石匠。

每个橘子他照例要划四刀，然后依着刀痕撕开，橘子皮在他手上盛美如一朵十字科的花。他把橘肉一瓣瓣取下，仔细地摘掉筋络，慢慢地一瓣瓣地吃，吃完了，便不急不徐地拿出另一个来，耐心地把所有的手续再重复一遍。

那天下午，他就那样认真地吃着一瓣一瓣的橘子，参禅似的凝止在一种不可思议的安静里。

难道这不就是生活吗？太阳割切着四季，四季割切着老人，老人无言地割切着一只只浑圆柔润的橘子。

想象中那老人的冬天似乎永远过不完，似乎他一直还坐在那灰扑扑的街角，一丝不苟地，以一种玄学家执迷的格物精神，细味那些神秘的金汁溢涨的橘子。

一只丑陋的狗

久雨乍晴，春天的山径上鸟腾花喧，无一声不是悦耳之声，无一色不是悦目之色。

忽然，跑来一只狗，很难看的狗，杂毛不黑不黄脱落殆半，眼光游移戒惧，一看就知道是野狗。经过谨慎的研判，它断定我是个无害的生物，便忽然在花前软趴趴地躺下，然后扭来扭去地打起滚来。

　　我的第一个反应是厌恶，因为这么好的阳光，这么华灿的春花，偏偏加上这么一只难看的狗，又做着那么难看的动作！

　　但为了那花，我一时不忍离去。奇怪的是，事情进行到第二秒，我忽然觉得不对了，那丑狗的丑动作忽然令我瞠目结舌，因为我清楚地感知，它正在享受生命，它在享受春天，我除了致敬，竟不能置一词。它的身体先天上不及老虎花豹俊硕华丽，后天的动作又不像受过舞蹈训练的人可以有其章法，它只是猥猥琐琐地在打滚——可是，那关我什么事，它是一只老野狗，它在大化前享受这一刻的春光，这个五百万人的城市里，此刻是否有一个人用打滚的动作对上帝说话：

　　"你看！我在这里，我不是块什么料，我活得很艰辛，但我只要有一口气在，我就要在这阳光里打滚，撒欢，我要说，我爱、我感谢。我不优美，但我的欢喜是真的。"

　　没有，城市族类是惯于忘恩负义的，从不说一句感谢，即使在春天。

　　那一天，群花在我眼前渐渐淡化，只剩那只老丑的狗，在翻滚讴歌，我第一次看懂了那么丑陋的美丽。

找个更高大的对手

两个小孩滚在地上打架，一个五年级，一个三年级，小的那个显然打不过大的，头上被打裂了一个口子，血流出来。

二十六年以后，孩子头上的血口早已缩为一个不显眼的疤。

"你那时候为什么要跟五年级的打？"

"忘了，好像是为了争躲避球吧？"

"你不知道他个子比你大吗？"

"晓得，但没办法，"他说，"我不喜欢比我小的对手，我喜欢跟高手较量——我这辈子就喜欢和高手较量。"

当年那个孩子，后来成了一个导演，叫黄以功。

"小学四年级，老师姓李。"他记得很清楚，"师范刚毕业，长得小巧玲珑、干净清爽，我真喜欢她，我第一次了解什么叫爱的教育，她叫我做级长，我后来一直做级长，做到中学毕业——包括中学留级的第七年。"

"功课像你这样'不怎么样'的人，还能做级长吗？"

"也许我表达能力好，也许我美术特别好，也许我扫地比别人主动……不晓得——说来好玩，我太喜欢那李老师了，所以以后我喜欢的女孩子也是那一型的，小巧、清爽……"

"嗒嘀嗒——嘀嗒——嘀嗒……"

凄厉的喇叭声，又有人死了。

在极乐殡仪馆旁边，那小男孩漠然地听着送葬的音乐。又过了一会儿，他用同样漠然的眼睛扫了一眼天上的黑烟，那是从火葬场升起的。

而他的家，刚好搭在殡仪馆和火葬场之间。

"生死，我看多了，没什么！"许多年以后，他仍然如此淡淡地一挥手。

那个家，只有两个榻榻米大，却住着他的父母和他。

家徒四壁，里面却塞满许多看不见的东西，一些飘飘忽忽的回忆，赴台时未能带出来的三个姐姐，死在路上的弟弟，故乡……塞得人心头满满的。

有一天，父母意外地给了他一个特别丰富的便当，里面有蛋有肉，另外还给他五块钱，那一天，他们也对他特别慈爱，他高高兴兴地上学去了，那年头的五元比现在的两百元还多吧？

而那一天，那对贫穷夫妻走到华山火车站，准备自杀，因为日子实在是穷得一筹莫展了。所能留给儿子的遗产只是一个便当和五块钱。

一个外国传教士发现了，把他们说服了。他们回家，父亲去给人家打工，母亲去给人家洗衣，心里却有个磨盘式的念头：

"黄家就这一个孩子了，黄家要有人念书。"

他在家门口挖洞，挖好了打了些井水灌了进去，上面还加个破玻璃罩。然后，他把捉来的泥鳅小鱼放进去，水要干了，他就再加。

“我不管在哪里都喜欢搞点这种事情。”

他做的那种事用今天的眼光来看应该叫“庭园设计”，不过，等他长大以后，倒没有挖过池子，他挖了不少美，不少概念，而且，不管周围环境有多倒霉，他总能负责地弄好一个漂亮的小局面。

村子那一带原来叫三板桥，后来，住进了许多山东人和江苏人，就叫山东村，里面只有一口井，大家横七错八地搭些破房子勉强住着。

那种可口可乐的铝罐子，两个可以卖一毛钱，村子里的孩子一有空就去捡。当然，那时候台湾还没有人喝那玩意儿，他们是去美侨村捡的。

比捡罐子更赚钱的是去拉车，一次可以赚个两三块钱。

“车子是村子里的叔叔伯伯的，他们休息的时候我们拉了就跑，有的看见我们是小孩，不让我们拉。也有些要到近处去的，就让我们拉了。有时候把车胎拉破了，就偷偷去补好——奇怪，那村子里的小孩不做坏事，也不打架，要是弄到钱呢，就存起来。那时候，大家想疯了的是一把口琴。”

村子口上又拉起棚来，小孩全都兴奋得不知如何是好，晚上要演歌仔戏了!

"《路遥知马力》。"

他一辈子都记得那些吸引人的戏目,闪红亮绿的衣服,舞台上逼人的灯光,以及沸沸腾腾的观众……

"歌仔戏谈不上体系,如果十八个人在台上,就有十八套表演办法,而且你到后台一看,嚼槟榔的嚼槟榔,吐痰的吐痰,撒尿的撒尿,打架的打架,还有打小孩的、奶娃娃的。然后,锣一响,往前台一冲,戏就又演下去了,真看得人目瞪口呆,那些年,在三板桥真不知看了多少戏。"

那些当年在三板桥作场的歌仔戏演员大概没想到那个扒开门帘往后台张望的小孩后来会在电视台导播歌仔戏。

"黄以功昨天在卖奖券,我看见了!"

他平时是在同庆楼附近卖奖券的,不知怎么给这家伙看见了,还回到班上来宣传。

"还好,那时候还不懂得'自卑感'——也许是因为一九五六年我刚好当选模范儿童吧!"

他清楚地记得那只母亲养得肥肥大大的"洛岛红"鸡,生浅棕色的蛋。

母亲叫他到市场去卖，那时他六年级。来了一个富态的太太，她买下了，吩咐他要代送回家去。

他敲了门，应门的是一个伶俐的女孩，她刚好是他在班上最喜欢的一个女生啊，怎么有这么倒霉，两个人一下子都愣住了。

晚上，父亲回来，巴巴地在袋子里摸索了半天，说：

"我给你买了一个热面包。"

他接过来一看，面包已挤成扁的，分明像一张烙饼。但他总算带回一个面包来了，"面包"就这老实人而言是一种很时髦很营养的好东西，他满足地看着儿子独个儿把它吃下去。

"老老实实做人——不要做坏事。"父亲说，他是一个单纯的人，想不出更复杂的庭训。

他听着，把父亲的话跟面包一起吃了。

"我从来不在乎钱，"他反刍着那些年来所承受的关爱，说，"反正钱那种东西我本来就没有，我只认为亲情是最重要的。"

母亲在绣一只老虎头鞋，辉丽的金黄色丝线，一针一针地聚拢来，黑黑的有神的眼睛，小小巧巧的耳朵，好一只漂亮和气的小老虎。

她还替人画绣花枕头的样子，有时候，她替人画八仙，倒也画得气韵生动。

他每次看到那些女红，都深觉惊讶，母亲从来没有受过正式的教育，她怎么会画的？

他觉得有一种种子似的东西，在他心中发芽，他也渴望要画。

"你不要看我考试。"考初中的时候他自觉是个大男孩了，"你要看我，我就不考。而且，你也不要再拿粽子来叫我吃了！"

母亲没说什么。

他考完，走出了考场，才发现母亲原来还是来了。她一直躲在围墙外面，看见他，高兴地一把抓住，说：

"吃个粽子。"

他苦着脸吃了，这是她的绝不可破的老规矩，考试那天一定要吃包着枣的粽子，因为可以"早中"。

那一年，他考取了"成渊国中"。

一连三次，他得到作文比赛第一名。

美术比赛他得过第一、第二和第三。

高中的有几个人看他这个初中生还不错，把他算作一伙的，一起搞起《成渊青年》和一本叫《清流》的杂志来。而《清流》两字是由于右任先生写的。写《成渊青年》社论的是高三一个老成持重的学长，叫宋楚瑜，他自己则写点小说新诗。

那一年，他初三，就要毕业了，印刷厂里却积欠了六百多块钱的杂志印刷费。老板气冲冲地来找校长，校长一面答应扣发毕业证书一面约谈家长。

一下子欠了六百元，父母都吓呆了，哪有这么多钱还？

父亲不停地去摸他的一枚金戒指。

"那个不能卖！"母亲厉声说。

父亲不说话。仓皇逃难，他只剩下两样最宝贵的东西，儿子和戒指，上面还刻着他自己的名字，眼看着，儿子拿不到毕业证书了，要不要他读高中呢？

他终于把戒指卖了，为了那个糊里糊涂爱办杂志的儿子。

"喂，你要是真有本事，"同学起哄，"就追这一个。"

他好好把那女孩看了一下，果真又漂亮又有气质，可是这家伙家里不知多有钱，她是坐自用三轮车来上学的。

"好，瞧我的！"

高中同学都够义气，忽然之间，他像发了横财似的，从头到脚全不一样了，有人借夹克，有人借皮鞋，有人借衬衫，在整个"攻击行动"里，除了情书是他亲自写的，其他全是群策群力完成的装备，连约会当天他捏在手里的电影票也是同学逃学排队去买来的。要买那张票可不容易，因为女孩有个习惯，只看万国戏院楼上第六排第一号的位子，所以那个"够义气的朋友"只好一早去排队，指定买第六排第一、三号两个位子。

"我喜欢朋友。"他说，"大概因为我从小家里只有一个人的关系。"

想起来，他的半辈子也无非是这样一场闲情，一场起哄，朋友一吆喝，一凑手，再难的事情他也敢去动一动。

"可是，奇怪，在内心深处，我其实是孤独的。"

真有点让人惊讶！不过，也许他说的是对的。

在高中，他又傻劲大发，办了一个杂志叫《鹿苑》。杂志后来又垮了，好在没赔钱，父亲再没有第二个戒指了。

跟女孩子在一起，他总是十分有自信地告诉人家：

"你不会后悔的，我将来总会有出息的！"

倒也不是骗人，他一直就这样相信。他相信自己冲得过去，他也相信，这社会是一个公平广阔的跑场。

　　他第一次自己存钱去买一本书，花了三十几块，书名叫《飘》，他把它连看三遍。

　　"我得到两个东西，到今天还受用，第一，是爱土地的那份真情；第二，我也相信'明天还是有希望的'。"

　　"对书里的人物塑造呢？"

　　"也喜欢，我喜欢人物有强烈性格，人到底还是宇宙的中心。——我也喜欢沃特·迪斯尼，"他补充，"他把世界美化了，不是我不写实，但是你如果对'实'看得更深，你就知道，它并不是那么丑陋的。"

　　"我从小就穷，可是，奇怪，我就是不恨这个社会，"他说，"帮助我的人太多了，譬如明明没有钱交学费，就是有人替我出了。

　　"整个来讲，我佩服老一辈，譬如在传播界，有人骂老一辈黑，可是，我看年轻一辈更黑，因为生活更糜烂，物质欲望更高，想拿的钱就更多，老一辈还给我们些机会，我们舍得给下一代机会吗？我小时候跟一个姓邱的朋友很要好，成天窝在他家，不时在他家吃，在他家睡，他母亲不但不嫌我，还带我跟她儿子一起睡在一张大床上。我现在想想，如果我儿子成天带个同学来吃来睡，我烦不烦？这样一想，我对老一辈的厚道、不现实，还是佩服的。还有些年轻人专搞些代沟题材，我自己讨厌这种题材，我只知道我的父母给我的是完整的爱，我只知道我的师长对我是全心的期望。

"我记得我读到大学了，还在'立法院'的'康园'吃人家的剩饭，许多委员都知道这件事。但不管父亲多穷，不管他混到退休也只是'立法院'的工友，我都尊敬他，我爱他那种自始至终一成不变的作风。有一次吴延环委员对我说：

"'你就是老黄的儿子吗？你有今天，完全是因为你爸爸人好，修来的。'

"我完全相信他那句话，无论如何，你笑我浅薄幼稚也好，你笑我是一个单纯的基督徒也好，我相信人间是温暖的，我相信坚持原则是可以做出成果来的，我相信两代之间——在家里或者社会里——是可以有和谐有了解的。"

"你们戏剧的同学后来都怎么样了？"

"后来，大部分从商了，小部分教书了，班上真搞戏剧的只我一个——孙国旭也是我同班的，他在华视，不算搞戏，不过总算在传播界。这也没办法，联考进来的，念戏剧系文武两样全来不了，武的，我指的是做演员，去演；文的是编剧、导演……两样如果都不行，怎么办呢？

"念大学要靠上课听教授讲而得到些什么，太难了，有的教授一个劲地抄英文笔记，有的破口大骂我们不配学戏剧，下了课，同学只有一个感觉，我们算全是婊子养的，不是人，我们什么都没得混的……

"可是，也有好的老师，像李曼瑰，她耐心地就着我们的程度来教我们，我这一辈子遵行着她的一句话：'不要投机取巧，扎扎实实的，一步一步慢慢来。'她死的前一年，我导她写的戏，我的胆子大，跟她说，老师这里要改成这样，那里要改成那样，她都纵容地答应了。我导演，要用什么手法，她都赞成，我很幸运总是会遇见好老师。

"自己看书，收获反而很多，不过我这个人从小脾气拗，我老是爱问：'为什么一定要这样？'学校里说，舞台分六区，中间的位置是帝王的位置，两边呢，是阴谋的区域，难道非这样不可吗？为什么？不这样不行吗？舞台不是可以成为无数个区吗？不是也可能只有一个区域吗？我这样想着，探索着，也就搞出一套自己的想法……"

二十五岁，有一天，他骑着破脚踏车，穿件短裤，就上准岳母家去求婚了。

岳母知道他什么也没有，倒是看中了他的鼻子，他从小的绰号叫"大鼻子"，据说大鼻子是主富贵的，他万分感激发明这种说法的相士。岳父是银行家，他也无可无不可的，只说："你们反正还不是都讲好了。"

结婚好几年，他们一直叫他"傻女婿"。

除了结婚，他一辈子没再穿过西装。忽有一天接到通知，要他"服装整齐"去领"'教育部'的文艺奖章"，他慌忙去找大舅子借了领带，又找小舅子借了西装，穿好，上台领奖了，然后又急忙脱了，让物归原主。

"我一毕业先教了一年书，教美术，我还是个不错的老师呢！后来要结婚，就到台北来了。先在信义宗的传播机构做事，后来又在光启社学了剪接和冲洗，然后就到了台视，名分是演员管理，做的是企划，也做了半年场务，到《玉钗盟》才做了个'现场指导'（类似副导），到《伐纣》，算是真的做导播了。

"我其实是一个很含忍的人，我的理想达不到，别人不照我的办法做，没关系，我还是做，我服从既有的制度，我遵循命令，但我'偷偷的'把事情用我自己的办法做得更好了一点，让人看见，然后说：'你看这样不是好一点吗？'对方让了一点步，我下回再多走一点，我不像那种年轻气盛的小伙子，一言不合，拍了桌子就走，那种人，一件事也做不成，最后只剩下一肚子理想。

　　"我的身体并不好，小时候得过肺病，虽然结了疤，但如果太累，疤就会又张开来，我曾经三次吐血住院，我以为我完了。但我总算又爬起来，而且一旦病好，一定又重新坚持'交给我的事，我会全力去办'。别人说'黄以功的品质，有一定的水准'，别人说，'他的东西可以信赖'，我觉得就是无上的报偿了。《秋水长天》那次，公司忽然想起来，给了我三万奖金，我很感动，觉得那是三百万。

　　"我在公司里对老一辈的演员像曹健、张冰玉、傅碧辉这些人从来不叫他们的名字，我总是叫他们叔叔、阿姨，而他们，只要在工作时，他们也一定叫我导播，大家相处得很好。我尊敬他们没别的，是因为他们那么多年以来一直在为戏剧尽力。他们呢，也自自然然地把我当晚辈来爱护。"

　　"你跟演员一向都处得那么好吗？"

　　"不，刚去台视的时候还大骂过两个，一个是白嘉莉，一个是王孙，没想到骂完不久，倒又成为好朋友了。

"演员跟着我也很苦，我喜欢出外景，一会儿鹿港，一会儿淡水，演员跑到中部南部，累得要死，公司只多发一百八十元一天，谁爱出外景？可是因为是我请他们去的，他们也就不说话，出来了。像萧芳芳、胡茵梦这种演员，也规规矩矩拿一样多的钱而没有暗盘。光看萧芳芳带二十几种药瓶跟着我跑，就已经够令人感动的。跟胡茵梦合作也很愉快，有人说她拍戏是'迟到大王'，一迟居然五六小时，跟我拍《碧海情涛》，她差不多不迟到了，万一迟了，也顶多只迟半小时，演起戏来也认真。我一向看不起砸杯子的导演，作威作福有什么用？权威是建立在作品上的，不是建立在拍桌子骂人上的。我其实有时也生气，但是我顶多生自己的闷气，最重要的是想办法解决问题，光是生气谁都会，用不着做导演的来生！

"'新闻局'办什么'演艺人员研习会'，其实我倒觉得该去接受讲习的是导演和其他电视电影的制片以及工作人员，'什么人玩什么鸟'，导演这么烂，他还能造就出什么样的演员，不是一清二楚的事吗！"

"你对电视的这套看法、这套体系是从哪里来的？"

"有两个来源，第一是舞台工作给我的刺激，我是正式戏剧系毕业的，当然不能忘情舞台，我一直在导着张晓风的、李曼瑰的、姚一苇的和王祯和的戏（有机会，我很希望再导一个希腊悲剧）。许多年前，我导张晓风的《武陵人》，忽然，我开始想：'什么是现代？'古典的东西是需要现代注释的，而电视应该是最现代的东西了。在电视里，现在人想要看现代东西。光做一个处理悲欢离合的情节的导演对我来说已经没有意义，这个对手太小，太没有挑战性，所以我要在我的戏里放进一点意念。我不要跟现代人脱节，不管古装时装，经过我的处理，我总要留下一点现代人的再思，譬如说我做《伐纣》，就把纣王处理成一个神经质的人；譬如说，《秋水长天》，我要让演员'以不演戏为演戏'。我要让人觉得那些人是现代的人，是现代的、在我们周围生活着的人。

"第二个原因是个老外跟我聊出来的。那是五年半以前，我去香港，指导一个团体演晓风的《和氏璧》，有个老外跟我说：'你们这边也搞京剧，他们那边也搞京剧。京剧是你们的好东西没错，但是究竟在两个不同的体下，所产生出来的戏剧和艺术是什么——我们想知道。'奇怪我去年夏天跟艺术团访美演出的时候，在亚特兰大碰到一位对中国、对莎士比亚都深有研究的布朗博士，他也跟我说同样的话。

"有人认为我的戏剧味很淡，是泥土的，是亲切有人情味的，像茶，可以慢慢品尝，看得出来是我的东西。一般来说，我不从情节入手，我有时想到乌坵，我要把乌坵的生活带到观众的生活里，故事和情节反而是次要的了，那里面有报道、有参与、有分享，它不仅仅是'电视剧'！"

"如果，现在有一个戏剧系的毕业生，也跟你当年一样，不靠关系，不拍马屁，埋着头一直干，你认为他仍然有希望出头吗？"

"我相信他一定出得了头——但，也可能，他比我还要努力一倍，毕竟，我很幸运，爱护我的人太多了。不过，要在台湾这种地方出名，也真的很容易。"

"听说你在台视官拜副组长？"

"嘿，一个小官嘛，我其实不适合做行政，我哪里会做官，但我接受了，我想站在这个职位上，也许，可以提拔比我更年轻的人。"

去年夏天，六月酷暑，他在菲律宾替一些华侨导一个清唱剧《中华魂》。华侨社会中的保守很令他吃惊，他一方面说服主事人采用一些抽象艺术的表达方法，一方面又把台北艺术团手制的戏服搬借过去，免得他们去租用亮片闪闪的古装。他甚至还跟年轻一辈大盖了一顿：

"怎么搞的，你们这里的年轻人怎么这么萎缩呢？为什么只听说：'他的爸爸是某某人。'我告诉你们，在台湾，我们出头的都是年轻人，我们说：'他的儿子是某某人！'"

跟艺术团的表演队伍从法国坐船渡海到英国，他好奇地想从一面大玻璃里望风景，但玻璃脏了！他擦干净一小块，够自己看了，想想又觉不妥，干脆把整片大玻璃都擦了，让大家都看得到，同船的老外拍起手来喝彩，他表演式地鞠了一躬说："我是台湾来的！"

他其实想擦亮更大的一片玻璃，在荧光幕上，或在舞台上，好把更大的更清晰的风景给大家看——他觉得导演就是一个擦亮玻璃的人。

"你最近计划要干什么？"

"最近想为台视策划一个比较高水准的单元剧系列。"

"比较远的将来想干什么？"

"想干电影，我渐渐对表演有更多的心得了，电影不是投机事业，不容易沽名钓誉。而且它跟年龄也没有关系，所以，我不怕太晚投身，反正到时候我会做出点东西来。"

（听他那话令人有点担心，他这人一向的缺点是"摸"，"慢"，"你急他不急"，虽然到时候东西并没有延误，但不免令性急的合作者心脏衰弱，不知道他所谓的未来计划会令人等多久？）

"最近会搞电影吗？"

"会弄一个小的，是义务的，帮教会做的，题材很现成，是拍温梅桂，她是一个很特别的山胞传教士。"

"不过，不管我干什么事，跟什么人合作，我一定会找个难缠的对手，"他兴冲冲地说，"平凡的对手，你赢了心里也不快乐。厉害的对手就不然，你就算输了都划得来，因为你已经获得了经验。我以前导晓风的戏，人家说难导，我不怕，因为这就譬如下象棋，对方很凶，一步棋下来好像要将了你的军，可是，你的好棋在这时候也就逼出来了，对不对？反正，从小到大，我这一点一直没改变，我将来不管干什么，都会这样做——找个比我更高大的对手，然后，打赢它！"

望着他头上那个不明显的小疤，你不由得要相信，他的确会找一个强大的对手，并且打它一场漂亮的硬仗。

行道树

　　每天，每天，我都看见它们，它们是已经生了根的——在一片不适于生根的土地上。

　　有一天，一个炎热而忧郁的下午，我沿着人行道走着，在穿梭的人群中，听自己寂寞的足音，我又看到它们，忽然，我发现，在树的世界里，也有那样完整的语言。

　　我安静地站住，试着去理解它们所说的一则故事：

　　我们是一列树，立在城市的飞尘里。

　　许多朋友都说我们是不该站在这里的，其实这一点，我们知道得比谁都清楚。我们的家在山上，在不见天日的原始森林里。而我们居然站在这儿，站在这双线道的马路边，这无疑是一种堕落。我们的同伴都在吸露，都在玩凉凉的云。而我们呢？我们唯一的装饰，正如你所见的，是一身抖不落的煤烟。

　　是的，我们的命运被安排定了，在这个充满车辆与烟囱的工业城里，我们的存在只是一种悲凉的点缀。但你们尽可以节省下你们的同情心，因为，这种命运事实上也是我们自己选择的——否则我们不会在春天勤生绿叶，不必在夏日献出浓荫。神圣的事业总是痛苦的，但是，也唯有这种痛苦能把深度给予我们。

　　当夜来的时候，整个城市都是繁弦急管，都是红灯绿酒。而我们在寂静里，在黑暗里，我们在不被了解的孤独里。但我们苦熬着把牙龈咬得酸疼，直等到朝霞的旗冉冉升起，我们就站成一列致敬——无论如何，我们这城市总得有一些人迎接太阳！如果别人都不迎接，我们就负责把光明迎来。

　　这时，或许有一个早起的孩子走了过来，贪婪地呼吸着鲜洁的空气，这就是我们最自豪的时刻了。是的，或许所有的人都早已习惯于污浊了，但我们仍然固执地制造着不被珍视的清新。

　　落雨的时分也许是我们最快乐的，雨水为我们带来故人的消息，在想象中又将我们带回那无忧的故林。我们就在雨里哭泣着，我们一直深爱着那里的生活——虽然我们放弃了它。

　　立在城市的飞尘里，我们是一列忧愁而又快乐的树。

　　故事说完了，四下寂然，一则既没有情节也没有穿插的故事，可是，我听到了它们深深的叹息。我知道，那故事至少感动了它们自己。然后，我又听到另一声更深的叹息——我知道，那是我自己的。

戈壁酸梅汤和低调幸福

前年盛夏，我人在内蒙古的戈壁滩，太阳直射，唉！其实已经不是太阳直射不直射的问题了，根本上你就像站在太阳里面呢！我觉得自己口干舌燥，这时，若有人在身边划火柴，我一定会赶快走避，因为这么一个干渴欲燃的我，绝对有引爆之虞。

"知道我现在最想最想的东西是什么吗？"我问众游伴。

很惭愧，在那个一倒地即可就地成为"速成脱水人干"的时刻，我心里想的不是什么道统的传承，不是民族的休戚，也不是丈夫儿女……

我说："是酸梅汤啦！想想如果现在有一杯酸梅汤……"

此语一出，立刻引来大伙一片回应。其实那时车上尚有凉水。只是，有些渴，是水也解决不了的。

于是大家相约，等飞去北京，一定要去找一杯冰镇酸梅汤来解渴。这也叫"望梅止渴"吧！是以"三天后的梅"来止"此刻的渴"。

北京好像是酸梅汤的故乡，这印象我是从梁实秋先生的文章里读到的。那酸梅汤不止是酸梅汤，它的贩卖处设在琉璃厂。琉璃厂卖的是旧书、旧文物，本来就是清凉之地。客人逛走完了，低头饮啜一杯酸梅汤，梁老笔下的酸梅汤竟成了"双料之饮"——是和着书香喝下去的古典冷泉。

及至由内蒙回到北京，那长安大街上哪里找得到什么酸梅汤的影子，到处都在卖可口可乐。

而梁老也早已大去，就算他仍活着，就算他陪我们一起来逛这北京城，就算我们找到了道道地地的酸梅汤，梁老也已经连喝一口的福气也没有了——他晚年颇为糖尿病所苦。在长安大街上走着走着，就想落泪，虽一代巨匠，一旦搅入轮回大限，也只能如此草草败下阵去。

好像，忽然之间，"幸福"的定义就跃跃然要迸出来了，所谓幸福，就是活着，就是在盛暑苦热的日子喝一杯甘洌沁脾的酸梅汤，虽然这种属于幸福的定义未免定得太低调。

回到台北，我立刻到中药铺去抓几服酸梅汤料（买中药要说"抓"，"抓"字用得真好，是人跟草药间的动作），酸梅汤料其实很简单，基本上是乌梅加山楂，甘草可以略放几片。但在台湾，却流行在每服配料里另加六七朵洛神花。酸梅汤的颜色本来只是像浓茶，有了洛神花便添几分艳俏。如果真把当年北京的酸梅汤盛一盏来和今日台湾的并列，前者如侠士，后者便是侠女了。

酸梅汤当然要放糖，但一定要放未漂白的深黄色粗砂糖，黄糖较甜，而且有一股焦香，糖须趁热搅入（台糖另有很可爱的小粒黄色冰糖，但因是塑胶盒，我便拒买了）。汤汁半凉时，还可以加几匙蜂蜜，蜂蜜忌热，只能用温水调开。

如果有桂花酱，那就更得无上妙谛了。

剩下来的，就是时间，给它一天半天的时间，让它慢慢从鼎沸火烫修炼成冰崖下滴的寒泉。

女儿当时虽已是大学生，但每次骑车从滚滚红尘中回到家里，猛啜一口酸梅汤之际，仍然忍不住又成了雀跃三尺的小孩。古代贵族每有世世相传的家徽，我们市井小民弄不起这种高贵的符号，但一家能有几样"家饮""家食""家点"来传之子孙也算不错，而且实惠受用。古人又喜以宝鼎传世，我想传鼎不如传食谱食方，后者才是"软体"呢！

因为有酸梅汤，溽暑之苦算来也不见得就不能忍受了。

有时，兀自对着热气氤氲上腾的一锅待凉的酸梅汤，觉得自己好像也是烧丹炼汞的术士，法力无边，我可以把来自海峡彼岸的一片梅林，一树山楂和几丛金桂，加上几朵来自东台湾山乡的霞红的洛神花，还有南部平原上的甘蔗田，忽地一抓，全摄入我杯中，成为琼浆玉液。这种好事，令人有神功既成，应来设坛谢天的冲动。

好，我再来重复一次这妙饮的配方：乌梅、山楂、甘草、洛神花、糖、蜜、桂花，加上反复滚沸的慢火和缓缓降温的时间。此外，如果你真的希望让你手中的那杯酸梅汤和我的这杯一样好喝的话，那么你还须再加上一颗对生活"有所待却无所求"的易于感谢的心。

垃圾桶里的凤梨酥盒子

那一次旅行，为的是去看东方白笔下的露意湖。飞机飞到加拿大的盖尔格瑞城，余下的路便须自己开车了。于是先去订旅馆、租车。

在盖城，刚好碰上牛仔节，十几万人的嘉年华会，这场热闹不赶白不赶，我们也巴巴地买了票，打算去看牛仔怎么骑劣马，怎么丢绳子套小牛……

场子极大，加拿大反正什么都大，每个人都穿红着绿，有人头戴阔边牛仔帽，有人腰系极夸张的牛仔皮带，有人足登牛仔鞋……全城一片喜气，人人不但打扮得像牛仔，而且，像刚在竞技场上赢到大额奖品的牛仔。

我觉得光在场外走走，就已经很精彩了，虽然，也不过就是节庆气氛罢了。但看见小孩子人手一个气球，大人都抱着冰淇淋和爆米花，倒也是一种简单的幸福……你要问我自己呢？我大概只能置身事外，当然，如果我家今年有匹小马来参选，我一定整个心弦都绷紧了。但此刻，我只是无可无不可地到处逛逛，一面点头说：不错，不错……

路旁每隔二十公尺就有个大汽油桶，供人丢垃圾。这种场子如果没有垃圾桶是不堪想象的。我跑过去要看它一眼，丈夫觉得我的行为很诡异，我却振振有词，说：

"看垃圾桶也是门学问呢！垃圾桶里是大有文章的呀！"

于是我跑到桶前进行我自己所谓的"伟大观察"，不料才一看，便忽然愣住了，接着大叫一声——非常的"无学问状"。

"什么事？"女儿问。

"啊！怪！你们看，你们看，这里丢着一盒凤梨酥的盒子，这盒子，照我看，是我们台湾来的人丢的！"

"场子里十几二十万人，有个从台湾来的人在里面并不稀罕啊！"丈夫说。

但不知为什么，我就是觉得稀罕，就是觉得快乐，游园的感觉也不同了，而且，一直很没出息地念着：

"这个爱吃凤梨酥的人是谁呀？他们是旅行路过此地呢，还是长年住在北美？他们的凤梨酥是直接带来的，还是在唐人街买的？他们是几个人？是不是也带着孩子——孩子才是最爱吃凤梨酥的呀！"

我又想起自己少年时代曾多么喜爱这样酸酸甜甜的酥饼，如果有同学从台中来而敢于不带凤梨酥分享大家，我们一定把她怨个半死的。后来因为怕胖，总有二十年不去碰它了，但此刻，在加拿大的草原城里，我却切切地想起凤梨酥的好滋味来。

我以为自己看老外和看老华是一样的，我以为我早已养成众生平等观，及至身陷在碧眼金发的漩涡里，猛然看到一个遭人抛弃的纸盒，才老实承认自己对自己族人的依恋有多么深。

一只公鸡和一张席子

　　先说一个故事，发生在希腊的：

　　哲人苏格拉底，在诲人不倦之余，被一场奇怪的官司缠上身，翻来覆去，居然硬是辩解不明。唉！一个终生靠口才吃饭的教师居然不能使人明白他简单的意念，众人既打定主意断定他是个妖言惑众的异议分子，便轻率地判他个死刑，要他饮毒而亡。

　　这判决虽荒谬，但程序一切合法，苏格拉底也就不抵抗，准备就义。

有人来请示他有何遗言要交代，他说：

"我欠耶斯科利皮亚斯一只公鸡，记得替我还这笔债。"

中国也有一位圣人，叫曾子，他倒是寿终正寝的。他临终的时候无独有偶的，也因为一个小童的提醒而想起一桩事来，于是十万火急地叫来家人，说：

"快，帮我把我睡的这张簧席换一换。"

他病体支离，还坚持要换席子，不免弄得自己十分辛苦，席子一换好，他便立刻断气了。

这两位东西圣哲之死说来都有常人不及之处。

苏格拉底坚持"欠鸡还鸡"，是因为不肯把自己身后弄成"欠债人"。人生一世，"说"了些什么其实并不十分重要，此身"是"什么才比较重要。其实苏格拉底生前并未向谁"借鸡"，他之欠鸡是因为他自觉处得非常自然（希腊当年有其高明的安乐死的药），是医神所赐，这只鸡是酬谢神明的。身为苏格拉底岂可不知恩谢恩，务期历历分明，能做到一鸡不欠，才是清洁，才是彻底。而曾子呢？他也一样，当时他睡的席子是季孙送的，那席子华美明艳，本来适合官拜"大夫"的人来用，曾子不具备这身份，严格地说，是不该躺的，平时躺躺倒也罢了，如果死在这张席子上就太不合礼仪了。

曾子临终前急着把这件事做个了断，不该躺的席子，就该离开，一秒钟也不能耽搁，他完成了生平最后一件该做的事。

这两位时代差不多的东西双圣立身务期清高，绝不给自己的为人留下可议之处。他们竭力不欠人或欠神一分，不僭越一分，他们的生命里没有遮光的黑子，他们的人格光华通透。

写故事的人都知道，最后一段极为重要，人生最后一段该想些什么，说些什么，做些什么，应该值得我们及早静下心来深思一番吧！

一双小鞋

　　说起来，我的收藏品多半是路边捡来的，少半是以极便宜的价钱买的。只有偶然一两件是贵东西，其中一件是双旧鞋子。挂在墙上，非常不起眼，却花了我大约五千元台币。

　　我之所以买那双鞋是因为那是双旧式的小脚女人的鞋子。小鞋子我倒也看过许多，博物馆里有那小鞋绣得五彩斑斓，耀目生辉，大小差不多只够塞一只男人的大拇指，真是不可思议。其实那种鞋不是人穿的，是女信徒做来供奉给神明穿的——当然是供给女性神明。至于中国女人为什么认为女神也是裹小脚的，倒也费人思索，值得写出一本大书来。

而我买的这双鞋长度十六七厘米，是女人穿的，而且穿得有些旧了。我把它挂在一块木板上，木板上还有另外收藏的六双鞋，多半是些小孩的虎头鞋凤头鞋，色泽活泼鲜丽。只有这双鞋，灰扑扑的，仿佛平剧里的苦旦穿着它走了千里万里了。每一根经线都是忍耐，每一根纬线都是苦熬。

我买这样一双鞋，挂在那里，是提醒我自己，女人，曾经是个受苦的族类。我今天能大踏着一双天足跑来跑去是某些先贤力争的结果——这一切，其实得来不易。

对先辈的女人我也充满敬意，她们终生拖着一双扭曲骨折的脚。但碰到逃荒的岁月，却也一样跑遍大江南北，她们甚至也下田也担水，也做许许多多粗活。她们是怎么熬过来的？她们令我惊奇，令历史惊奇。

望着那双不知哪一位女人穿过的小鞋，我的思绪不觉被牵往幽渺的年代。那女人可能只是个普通人家的妇女——如果是有钱人家，脚就会裹得更小，因为不太需要劳动——鞋子是黑布做的，不是华美典丽的那种，而且那黑色已穿得泛了灰，看来是走了不少路了。鞋上的绣花也适可而止，不那么花团锦簇。总之，那鞋怎么看都是贫苦妇女的鞋子，而贫苦妇女其实也就是受难妇女的同义词吧？我之所以买下这双灰头土脸的鞋子，其实也是对逝去年月中的受苦者的一点思忆之情吧？

讽刺的是，今天这个时代虽没有人会为小女孩裹脚了，可是女子的生命果真已是自由的不受摧折的生命吗？

当魔魇似的紧箍咒从脚趾移开的时候，它会不会变了相又钻到头脑和心灵里去了？不"裹脚"的女子能保证自己是不"裹脑"、不"裹心"的女子吗？

我常常呆望着那双小鞋而迷惑起来。

发了芽的番薯

买完了米，看见米箱旁边另有一箱番薯，我便问老板娘：

"你们有没有发了芽的番薯？"

她看着我，微微愣了一下，打量我的话里究竟有多少来者不善的意味。

"我们卖的番薯都是刚挖的啦！你放心！"

"不是啦，是我特别要买发了芽的来'排看'的啦！"

"啊，有，有，有，你咋不早说，就是学校老师叫小孩带去的那一种。"

"对，对，"我附和她，"就是老师要的那种！"

其实我的孩子早已不用带着番薯去小学了，他在努力对付他的博士学位。

一转身，老板娘已从屋里拿出三个长着芽叶的番薯。

"免钱，这些本来打算自己吃的，吃不完，发了芽不能吃，丢了又可惜，你要拿去，最好了——免钱！"

我还是给了钱——面对这么美丽的新绿怎能不付费？

番薯拿回来，逶逶迤迤长满一窗台，我仿佛也因而拥有了一块仿冒的旱田。

记得是小学时候，老师说的，洋芋或番薯，发了芽就该丢掉，以免吃了中毒——但那吃下去可能中毒的小小茎块，只要换个方式发落，居然是人间的至美的"多宝格"，可以吐出一片接一片的绿碧玺来呢！

很少有生命会一无是处吧？民间俗谚说"船破有底，底破有三千钉"，对一条生命而言，放弃，永远是一个荒谬邪恶的字眼。

半盘豆腐

　　和马悦然先生同席，主人叫了些菜，第一盘上来的是"虾子豆腐"。

　　后面几道菜陆续端来的时候，女侍轻声提醒我们要不要把前菜撤下。

　　席间几个人彼此交换了一下眼色，大家都客气，等着别人下决定。时间过程也许是一秒钟吧，女侍仿佛认为那是默许，便打算动手撤盘子了。

"哦——这——"马教授警觉到再不说话，那半盘豆腐大概就要从此消失了，但他又是温文的，不坚持的，所以他欲言又止起来。

女侍毕竟训练有素，看到主客的反应，立刻把盘子放回。

"啊——我——"马教授大约经历了一番天人交战，此刻不禁笑了，"我还老是记得自己是个穷学生的时候。"

穷学生？他现在已是退休的资深教授，是欧洲汉学的泰斗，是诺贝尔文学奖评审委员中唯一通达中文的委员。所谓穷学生，那分明已是四十多年前的旧事了。

是啊，四十多年前，因为想着要看比翻译本的老子更多一点的东西，他从瑞典远赴四川。穿一领蓝布大褂，让路人指指点点。那一年，那红颊的中国少女多么善睐其明眸啊！他终于娶了少女，把自己彻底给了中国。

没有人不敬其学问渊深，没有人不感其风骨嶙嶒。

但这一霎，我却深爱他介乎顽皮和无辜之间的眼神。终其一生，我想他都是那个简单的穷学生，吃简单的饭，喝简单的酒，用直来直往的简单方法为人处世，并且珍惜每一口美味，爱惜每一分物力。

多么好的人生滋味啊，都藏在那不忍拿走的半盘豆腐里。

买橘子的两种方法

　　巷口有人在卖桶柑，我看了十分欢喜，一口气买了三斤，提回家来。如果不是因为书重，我还想买更多。那时，我刚结婚不久。

　　桶柑个头小，貌不惊人，但仔细看，其皮质光灿，吃起来则芳醇香甘，是柑橘类里我最喜欢的一种。何况今天我碰上的这批货似乎刚采撷不久，叶子碧绿坚挺，皮色的"金"和叶色的"碧"互相映衬，也算是一种"金碧辉煌"。我提着这一袋"金碧辉煌"

回家，心中喜不自胜。

回到家，才愕然发现，公公也买了一袋同样的桶柑。他似乎没有发现我手上的水果，只高高兴兴地对我说：

"我今天看到有人在卖这种蜜柑，还不错，我就买了——你知道吗？买这种橘子，要注意，要拣没有梗没有叶的这种来买。你想，梗是多么重啊！如果每个橘子都带梗带叶，买个两三斤，就等于少买了一个橘子了，那才划不来。"

我愣了一下，笑笑，没说什么。原因是，我买的每一个橘子都带梗带叶。而且，我又专爱挑叶子极多的那种来买。对我而言，买这橘子一半是为嘴巴，一半是为眼睛。我爱那些绿叶，我觉得卖柑者把一部分的橘子园也借着那些叶片搬下山来了。买桶柑而附带买叶子，使我这个"台北市人"能稍稍碰触一下那种令人渴想得发狂的田园梦。

而公公那一代却是从贫穷边缘挣扎出来的，对他来说，如果避开枝叶就可以为家人争取到多一个的橘子，实在是开心至极的事。他把这"买橘秘笈"传授给我，其实是好意地示我以持家之道。公公平日待人其实很宽厚，他在小处抠省，也无非是守着传统的节俭美德。

我知道公公是对的，但我知道自己也没有错。

　　公公只要买橘子，我要的却更多。我如果把我买的那种橘子盛在家中一只精美的竹箩筐里，并放在廊下，就可以变成室内设计的一部分。而这种美的喜悦令人进进出出之际恍然误以为自己在柑橘园收成。对我而言那几片小叶子比花还美，而花极贵，岂容论斤称买？我把我买的叶子当插花看待，便自觉是极占便宜的一种交易。

　　而这个世界上，我们总是不断碰到"我对他也对"的局面。那一天，我悄悄把自己买的带叶桶柑拎进自己的卧房。对长辈，辩论对错是没有什么意义的。

　　许多年过去了，公公依然用他的方法买无叶橘子。而我，也用我的方法买有叶橘子。他的橘子，我嫌它光秃秃的不好看，但我知道那无损于公公忠恳俭朴的善良本性。他的买橘方法和我的一样值得尊崇敬重。

路边的餐盘

　　我有事经过青岛东路，行色匆匆中看到路旁树脚下有一份餐盘，隐约看到有饭，有青菜，还有一碗汤和一块大大的豆腐干。

　　这人为什么要蹲在路边吃饭呢？他究竟吃完了没有？他把餐盘就这样潦草地放着，也不怕风沙猫狗吗？

　　我一边想着，一边也就走远了。

　　两天以后，我又经过同一地点，不料那盘饭还在。我仔细看了看，原来那饭并没有人吃过。我才忽然想起来，这不是给活人吃的，这是祭拜死者的饭。这街上有一间学校，前两天有个女学生跳楼自杀，这饭显然就是祭她的了。

　　那女孩和我素昧平生，但她的脸我可以揣想，她的脸属于一个共同的名字，那名字叫：青春。

　　生命里有什么比青春更大注的资本？拥有这笔资本的人应该是没权利宣布破产的。青春的数值太大，大到无论贬损了什么都不算蚀本——然而青春又是如此决绝轻脆，一触即成齑粉。一时想不开的生命疑难，一句偶然的气话，一番口角，一点不谅解，都可以形成执意不肯回头的告别。

　　我站在路边呆看那一盘饭，从这盘供饭看来，那女孩和家庭之间总算还有些恩情牵连吧？然而，幽明异途，而今而后，这家人和这女孩之间也就只剩这一碗凉饭的缘分了！

　　而原来，原来是可以多么疼疼热热的一家人啊！原来是可以上有慈下有孝，兄弟姊妹之间有友爱的一家人！世上有什么大不了的事令女孩绝裾而去？世上又有什么大不了的事全家人眼睁睁看她往死路上走而不企图挽回？为什么？为什么闹到恩断义绝，只剩路边一盘饭，一盘饭又能说明什么？

自杀也是一种谋杀，其间也须图谋，为什么在诡计进行期间老师同学竟无一人留意到？我们的人际关系未免冷淡得荒谬了吧？我不是责备谁，事实上，如果我的同事去自杀，我恐怕也浑然不察，只剩事后讶叹而已。

看着那盘食物，每一粒饭都干缩发黄了，菜上也蒙了一层灰尘，那位个性刚决的女孩会回头来吃这一盘饭吗？抑或，她不食而去，永抱着她的悲伤愤怒和饥饿？

口香糖、梨、便当

有人问我吃不吃口香糖？我回答说：

"不吃，那东西太像人生，我把它划为'悲惨食物'。"

对方被我吓了一跳，不过小小一块糖，哪用得上那么沉重的形容词？但我是认真的，人人都有怪癖，不肯吃口香糖大概还不算严重的。我对口香糖的味道并没有意见，我甚至也可以容得下美国孩子边嚼口香糖边打棒球的吊儿郎当相。我不能忍受的是：

它始于清甜芳香，却竟而愈嚼愈像白蜡，终而必须吐之弃之，成为废物。

还有什么比嚼口香糖更像人生呢？

人的一生也是如此，一切最好的全在童年时期过完了，花瓣似的肌肤，星月般的眼眸，记忆力则如烙铁之印，清晰永志。至于一个小孩晨起推门跑出去的脚步声，是那么细碎轻扬，仿佛可以直奔月球然后折返回来。

然而当岁月走过，剩下的是菡萏香销之余的残梗，是玉柱倾圮之后的废墟。啊！鸡皮鹤发耳聋齿落之际，难道不像嚼余的糖胶吗？连成为垃圾都属于不受欢迎的垃圾。

口香糖是众糖之中最悲哀的糖。它的情节总是急转直下，陡降深渊。

水果中也有种水果特别引我伤感，那是梨。

梨如果削了皮，顺着吃水果的自然方式去吃，则第一口咬下去的外围的肉脆嫩沁甜，令人怡悦。只是越吃到靠中心的部分越酸涩粗糙，不堪入口。吃梨于我永远是一则难题，太早放弃，则浪费食物，对不起世上饥民。勉强下咽则对不起自己的味觉。

　　不过，还好，梨子是上帝造的，不像口香糖是美国人造的。梨子心再难吃也有个限度，不像口香糖残胶，咽下去是会出事的。

　　我终于想好了一种吃梨的好方法：我把梨皮削好，从外围转圈切下梨块，及至切下三分之二的梨肉，我便开始吃梨心，梨心吃完之后才回过头去吃梨子外围的肉。这种"倒吃"的方法其实也不奇特，民间本来就有"倒吃甘蔗"的谚语。我每次用此法吃梨都享受一番"渐入佳境"的喜悦。

　　想起当年小学和中学时代，同学之间无形中有一种"吃便当文化"，那时代物质供应不甚丰裕，便当里的菜也就很有限（而由于我和我的同学全是女孩子，女孩子在某些家庭中，其便当内容又比男孩为差）。但怎么吃这种便当？说来也有一些大家不约而同的守则：那便是先努力吃白饭，把便当中的精华（例如说，半粒卤蛋，或一块油豆腐）留待最后，每当大家功德圆满，吃完了米饭，要享受那丰富的"味觉巅峰"，心里是多么快乐呀！那"最后美味"的一小口，是整个午餐时间的大高潮。

　　尽管只是一个填饱的便当，尽管菜式不丰美不精致，那最后一口的情节安排竟然很像中国古典戏剧"苦尽甘来"的结局。我们吃那一口的时候多半带着欢呼胜利的心情，那是整个上半天最快乐的一霎。

　　人生能否避免"口香糖模式""梨子模式",而成为我小时
候的那种渐入佳境的"便当模式"?我深感困惑。

圈圈叉圈法

专家，到底是一种什么样的人呢？我有时不免惊愕好奇。

偶然，在电视上看到一位专家，专教观众和小孩说话，（似乎，观众原来都不知该如何跟自己的小孩说话）专家说：

"如果时间已经是晚上，譬如说，是晚上十点了，你的孩子却不专心做功课，只把一只排球往墙上扔得砰砰响，楼下的邻居也许立刻就要来抗议了。你怎么办呢？你不能直接制止他，你应该用'圈圈叉圈'法来沟通……"

什么叫"圈圈叉圈"法呢？专家继续解释。

"那就是说，你要指责人的时候，不要直接先说指责语，要先说两句好听的，然后说那句重点，最后再加上一句甜点。譬如说对那个扔球的孩子，你应该先说：'哇，不得了，我还不知你的球艺如此高超呢！'然后你更进一步赞美他，'现在十点了，你已经累了一整天了，此刻还能打得这么好，也真是难得了！''不过，'你可以很小心地加一句，'现在晚了，你能不打球不吵到三楼的话会比较好些。'最后你还要安抚他一下，说，'早点睡吧！你是个聪明的好孩子，妈妈时刻以你的表现为荣！'这就叫圈圈叉圈法。"

我听了不禁咋舌，原来专家都是这样教人的！我几乎怀疑他们拿了"青少年联盟会"的钱，才如此处处为青少年说话！想起来不免捏一把冷汗暗叫一声：

"哇，好险哪！"

如果当年我家的犬子犬女也知道这番"圈圈叉圈沟通法"，那我的"直言法"一定要挨批挨斗了。

孔门弟子子路有"闻过则喜"之德，大禹更有"闻过则拜"的度量。人而一旦贵为"总统""副总统"或"行政院长"、县市长或"立法委员"或"议员"之类的大小官儿，终至养成了"闻过则怒"的反应，唉，那也罢了，反正这种人早给宠坏了，一时也难改其霸权作风。但，如果小小孩子，心灵尚在纯洁阶段，是非还未昏昧之际，父母也必须用讨好小人的方法来讨好他，这岂不是明明白白摆着要陷他于不义吗？

如果设想我自己是专家口中的那个孩子，如果我的父母用这种"圈圈叉圈法"来跟我说话，我一定会立刻提高警觉，对自己说：

"天哪，要来的终于来了，我的父母大概'有话要放'了，否则他们今天干吗灌起迷汤来？而且，真是离奇呀！难不成我是凶神恶煞吗？何必用这种口吻来跟我讲话！难道我在人格上就那么弱不禁风吗？瞧他们那副屁滚尿流的恶心相，真是标准小人！"

世人之间，本来也并不是人人皆能直话直说的，但如今专家告诉我们连父子夫妻之间也要专拣"甜话"来说，不免令人心寒！对孩子猛灌溢美之词这件事简直等于要小孩子从小喝糖水（比例是糖三份水一份），而不给他喝简单明了的白水，久而久之，不一口蛀牙才怪。

将来的世代，除了有"蛀牙族"，恐怕在专家的纵容下也会冒出一批"蛀耳族"来吧？

"你错了，请不要再做下去！"

能这样简简单单对家人说话是多么幸福啊！

如果你想卖我一把茶壶

　　我犹疑不决，对着那把茶壶。买？或不买？那是我第一次去大陆，茶壶也并不贵，买个纪念品也不算什么。我考虑的是家已有好几把壶，东西太多，堆得到处碍眼，也挺烦——当然，换个角度想，债多不愁，反正东西那么多，再多加一件也不算什么，何况这小壶造型也不坏，唉！买还是不买……

　　店员看我有五分买意，便来加一句劝词，他说：

"这壶好！夏天泡茶，隔夜都不馊。"

他没料到，我被那句话吓到了，立刻放下壶，走出门去。他也许始终不知道在那一秒钟之间，我内心发生多少事？

对我而言，茶，一向是浪漫的。晚餐既罢，桌子收拾好了，沏一壶茶，与家人分享，是生活里小小的留白。喝茶的时候什么都不做，什么都不想，只单纯地领略山茶的滋味。

南朝曾有位人称"山中相"的陶弘景，（因为他坚持不做宰相，皇帝有难题便只好移樽就教，到山里去找他商量，"山中相"的外号就是这样来的）他善医善诗，有首回答皇帝的诗写得极好：

山中何所有，

岭上多白云。

只可自怡悦，

不堪持赠君。

唉！其实人生一切可以自豪自得的事，大概都不容易宣之于口。一个隐士，倚窗看白云穿户如蝴蝶穿花，其中静趣哪里是惯打高尔夫球的政要所能听懂的呢？

啊，说到白云，它和喝茶有什么关系呢？有的，对我而言，茶叶是唯一可以留住山云谷雾的"记忆收藏体"，每一片茶叶都是月光清风或朝云夕露的总集，我喝茶的时候喝的其实是烟岚是逸云，陶弘景所不能形容的，茶叶却能一一代为演绎。

我深爱茶，茶是高高的丘地和低低天空之间最美的凝聚。茶是天地之交泰。

——而这人，这卖壶人，他说什么？

他说，这壶好，夏天泡茶，隔夜都不馊。

茶字怎么可以和"馊"字联想在一起？而且，在台湾，大家讲究冲泡，一壶茶，大概过十分钟就算淬汁完毕，就可以丢掉了，谁会把茶泡到第二天呢？说"茶"这个字之际应该洁齿清心，怎可把"馊"字贸然出口？

那店员自以为极具说服力的推销词，竟会把我吓得恶心起来，甚至夺门飞逃。

如果你想赚一把茶壶的钱，你至少要懂我一点。做生意，也可以是一种友谊。说到友谊，唉，我想我们应该要彼此多了解一点才好吧！

皮，多少钱一片

皮，多少钱一片？啊，那要看你问的是什么皮。

譬如说：猪皮，那不值什么，你只要买一百元以上的猪肉，便可要求店家免费送你些猪皮。如果你是老主顾，老板会随便送你一尺见方大小的猪皮。

如果是澳洲袋鼠皮（连毛），价钱就不同了，一张完整的袋鼠皮，总要台币千元。换成新西兰的羊皮呢？那价钱就不一定了，大约自千余元到三四千都能买，当然一分钱一分货，绝好的羊皮，其毛既绵长又柔软、既洁白又致密，是世间绝美的装饰和卧具。

动物皮毛之中，羊皮算是便宜的，其他如狐皮，如虎皮，如貂皮动辄价值数百万。不但贵，且列入保护，将来，这类物品恐怕只能在古董市场上求售了。

假如我再问下去：

"请问人的皮，怎么买法？"

恐怕就很难回答了，因为并无人皮市场，不像蛇皮鳄鱼皮或鳗鱼皮，都有差不多的国际价格。

在我们这种凡物皆商品化的时代，人肉可卖、人的肾脏可卖、人的眼角膜也可卖。跟其他事物一样——总是富人花钱买了穷人的东西，唯一不同的是，古代穷人可以鬻妻卖子，现代穷人竟可能卖器官……

不过，却有一个女子，她的故事跟上述情节无关，她，切割自己的皮肤，去供人之用，而操刀者竟是她的丈夫。

这是半世纪前的故事了，地点在彰化，主角夫妇来自英国，姓兰，他们德行的芳香也真如幽谷芳兰。他们选择在医院中行医济世，别的牧师以口宣道，他们却以手术刀宣教。

当年乡间有个台湾小孩，皮肤溃烂，不知如何收口，兰氏夫妻读了一篇医学报告，发觉有人提出以他人之皮代病人之皮的构想，便打算像输血一般地"输皮"给这小孩，当时一来对手术成功并无把握，二来也不知找谁来捐皮。如果所捐之皮必然成功，则或者可找人救助，但如不成功岂不遭人怨死？兰医生本人其实也愿意捐助，但他必须负责移植手术，总不能抱痛冒险，兰太太便一口应承，甘愿切肤，这身为护士的兰太太也真是一位奇女子了。

啊！这块皮，如果要付钱，倾王永庆之财也不足偿，罄吴火狮之金亦不够数，而兰太太是自愿的，小病人并不需付一毛钱。

这故事的结尾很意外，他人的皮肤其实并无法转移在小病人身上，小病人却不知怎么蒙天保佑，竟一天天好起来，后来长大，变成一位牧师。

以上情节经画家描摹，成了一幅名画，叫作"切肤之爱"，如今挂在高雄医学院，作为"镇院之宝"。

兰大夫的医院仍屹立，他的儿子继承了大业，这间彰化基督教医院很想把这幅名画要回来，但一者太贵（时价一千万），二者高雄医学院也不肯割爱。

依我想，也罢，彰化基督教医院其实已拥有整个故事的精神，而且也没闲钱来买这幅画，高雄医学院其实比较需要这幅画。不知到什么时候国人才能培养出兰先生兰太太这样具有"高爱心因子"的生物。

在台湾有巨富坐在虎皮上拍照，自以为一世雄豪，有人把五万元的鲍鱼塞进两层嘴皮之间。但肯为一个小孩割舍皮肤的高贵人物在哪里呢？

年年岁岁
岁岁年年

如果一个人爱上时间，他是在恋爱了。恋人会永不厌烦地渴望共花之晨，共月之夕，共其年年岁岁，岁岁年年。

有个叫"时间"的家伙走过

　　"这是什么菜?"晚餐桌上丈夫点头赞许,"这青菜好,我喜欢吃,以后多买这种菜。"

　　我听了,啼笑皆非,立即顶回去:

　　"见鬼哩,这是什么菜?这是青江菜,两个礼拜以前你还说这菜难吃,叫我以后再别买了。"

　　"怎么可能?"

"怎么不可能？上次买的老，这次买的嫩，其实都是它，你说爱吃的也是它，你说不爱吃的还是它。"

同样的东西，在不同时段上，差别之大，几乎会让你忘了它们原本是一个啊！

此刻委地的尘泥，曾是昨日枝头喧闹的春意，两者之间，谁才是那花呢？

今朝为蝼蚁食剩的枯骨，曾是昔时舞妒杨柳的软腰，两相参照谁方是那绝世的美人呢？

一把青江菜好吃不好吃，这里头竟然牵动起生命的大怆痛了。

你所爱的，和你所恶的，其实只是同一个对象，只不过，有一个名叫"时间"的家伙曾经走过而已。

正在发生

去菲律宾玩，游到某处，大家在草坪上坐下，有侍者来问，要不要喝椰汁，我说要。只见侍者忽然化身成猴爬上树去，他身手矫健，不到两分钟，他已把现摘的椰子放在我面前，洞已凿好，吸管也已插好，我目瞪口呆。

其实，我当然知道所有的椰子都是摘下来的，但当着我的面摘下的感觉就是不一样。以文体作比喻，前者像读一篇"神话传说"，后者却是当着观众一幕幕敷演的舞台剧，前因后果，历历分明。

又有一次，在旧金山，喻丽清带我去码头玩，中午进一家餐厅，点了鱼——然后我就看到白衣侍者跑到庭院里去，在一棵矮树上摘柠檬。过不久，鱼端来，上面果真有四分之一块柠檬。

"这柠檬，就是你刚才在院子里摘的吗？"我问。

"是呀！"

我不胜羡慕，原来他们的调味品就长在院子里的树上。

还有一次，宿在恒春农家。清晨起来，槟榔花香得令人心神恍惚。主人为我们做了"菜脯蛋"配稀饭，极美味，三口就吃完了。主人说再炒一盘，我这才发现他是跑到鹅舍草堆里去摸蛋的，不幸被母鹅发现，母鹅气红了脸，叽嘎大叫，主人落荒而逃。第二盘蛋便在这有声有色的场景配乐中上了菜，我这才了解那蛋何以那么鲜香腴厚。而母鹅訾骂不绝，掀天翻地，我终于恍然大悟，原来每一枚蛋的来历都如希腊神话中普罗米修斯盗天火，又如《白蛇传》故事中的《盗仙草》，都是一种非分。我因妄得这非分之惠而感念谢恩——这些，都是十年前的事了。今晨，微雨的窗前，坐忆旧事，心中仍充满愧疚和深谢，对那只鹅。一只蛋，对它而言原是传宗接代存亡续绝的大事业啊！

丈夫很少去菜场，大约一年一两次，有一次要他去补充点小东西，他却该买的不买，反买了一大包鱼丸回来，诘问他，他说：

"他们正在做哪！刚做好的鱼丸哪！我亲眼看见他在做的呀——所以就买了。"

用同样的理由，他在澳洲买了昂贵的羊毛衣，他的说词是：

"他们当我面纺羊毛，打羊毛衣，当然就忍不住买了！"

因为看见，因为整个事件发生在我面前，因为是第一手经验，我们便感动。

但愿我们的城市也充满"正在发生"的律动，例如一棵你看着它长大的市树，一片逐渐成了气候的街头剧场，一股慢慢成形的政治清流，无论什么事，亲自参与了它的发生过程总是动人的。

年年岁岁岁岁年年

一

　　渐渐地，就有了一种执意地想要守住什么的神气，半是凶霸，半是温柔，却不肯退让，不肯商量，要把生活里细细琐琐的东西一一护好。

二

　　一向以为自己爱的是空间，是山河，是巷陌，是天涯，是灯光晕染出来的一方暖意，是小小陶钵里的"有容"。

　　然后才发现自己也爱时间，爱与世间人"天涯共此时"。在汉唐相逢的人已成就其汉唐，在晚明相逢的人也谱罢其晚明。而今日，我只能与当世之人在时间的长川里停舟暂相问，只能在时间的流水席上与当代人推杯共盏。否则，两舟一错桨处，觥筹一交递时，年华岁月已成空无。

　　天地悠悠，我却只有一生，只握一个筹码，手起处，转骰已报出点数，属于我的博戏已告结束。盘古一辨清浊，便是三万六千载，李白《蜀道难》难忘的年光，忽忽竟有四万八千岁，而天文学家动辄抬出亿万年，我小小的想像力无法追想那样地老天荒的亘古，我所能揣摩所能爱悦的无非是属于常人的百年快板。

三

　　神仙故事里的樵夫偶一驻足观棋，已经柯烂斧锈，沧桑几度。

　　如果有一天，我因好奇而在山林深处看棋，仁慈的神仙，请尽快告诉我真相。我不要偷来的仙家日月，我不要在一袖手之际误却人间的生老病死，错过半生的悲喜怨怒。人间的紧锣密鼓中，我虽然只有小小的戏份，但我是不肯错过的啊！

四

书上说，有一颗星，叫岁星，十二年循环一次。"岁星"使人有强烈的时间观念，所以一年叫"一岁"。这种说法，据说发生在远古的夏朝。

"年"是周朝人用的，甲骨文上的年字写成秊，代表人扛着禾捆，看来简直是一幅温暖的"冬藏图"。

有些字，看久了会令人渴望到心口发疼发紧的程度。当年，想必有一快乐的农人在北风里背着满肩禾捆回家，那景象深深感动了造字人，竟不知不觉用这幅画来作三百六十五天的重点勾勒。

五

有一次，和一位老太太用台语搭讪："阿婆，你在这里住多久了？"

"唔——有十几冬啰！"

听到有人用冬来代年，不觉一惊，立刻仿佛有什么东西又隐隐痛了起来。原来一句话里竟有那么丰富饱胀的东西。记得她说"冬"的时候，表情里有沧桑也有感恩，而且那样自然地把春耕夏耘秋收冬藏的农业情感都灌注在里面了。她和土地、时序之间那种血脉相连的真切，使我不知哪里有一个伤口轻痛起来。

六

朋友要带他新婚的妻子从香港到台湾来过年，长途电话里我大概有点惊奇，他立刻解释说："因为她想去台北放鞭炮，在香港不准。"

放下电话，我想笑又端肃，第一次觉得放炮是件了不起的大事，于是把儿子叫来说："去买一串不长不短的炮——有位阿姨要从香港到台湾来放炮。"

岁除之夜，满城爆裂小小的、微红的、有声的春花，其中一串自我们手中绽放。

七

我买了一座小小的山屋，只十坪大。屋与大屯山相望，我喜欢大屯山，"大屯"是卦名，那山也真的跟卦象一样神秘幽邃，爻爻都在演化，它应该足以胜任"市山"的。走在处处地热的大屯山系里，每一步都仿佛踩在北方人烧好的土炕上，温暖而又安详。

下决心付小屋的订金说来是因屋外田埂上的牛以及牛背上的

黄头鹭。这理由，自己听来也觉像撒谎，直到有一天听楚戈说某书法家买房子是因为看到烟岚，才觉得气壮一点。

我已经辛苦了一年，我要到山里去过几个冬夜，那里有豪奢的安静和孤绝，我要生一盆火，烤几枚干果，燃一屋松脂的清香。

八

你问我今年过年要做什么？你问得太奢侈啊！这世间原没有什么东西是我绝对可以拥有的，不过随缘罢了。如果蒙天之惠，我只要许一个小小的愿望，我要在有生之年，年年去买一钵素水仙，养在小小的白石之间。

中国水仙和自盼自顾的希腊孤芳不同，它是温驯的，偎人的，开在中国人一片红灿的年景里。

九

除了水仙，我还有一件俗之又俗的心愿，我喜欢遵循着老家的旧俗，在年初一的早晨吃一顿素饺子。

素饺子的馅以荠菜为主，我爱荠菜的"野蔬"身份，爱小时候提篮去挑野菜的情趣，爱以素食为一年第一顿餐点的小小善心，爱民谚里"三月三，荠菜花，赛牡丹"的憨狂口气。

荠菜花花瓣小如米粒，粉白，不仔细看根本不容易发现，到了老百姓嘴里居然一口咬定荠菜花赛过牡丹。中国民间向来总有用不完的充沛自信，李凤姐必然艳过后宫佳丽，一碟名叫"红嘴绿鹦哥"的炒菠菜会是皇帝思之不舍的美味。郊原上的荠菜花绝胜宫中肥硕痴笨的各种牡丹。

吃荠菜饺子，淡淡的香气之余，总有颊齿以外嚼之不尽的清馨。

＋

如果一个人爱上时间，他是在恋爱了。恋人会永不厌烦地渴望共花之晨，共月之夕，共其年年岁岁，岁岁年年。

如果你爱上的是一个民族，一块土地，也趁着岁月未晚，来与之共其朝朝暮暮吧！

所谓百年，不过是一千二百番的盈月、三万六千五百回的破晓以及八次的岁星周期罢了。

所谓百年，竟是禁不起蹉跎和迟疑的啊，且来共此山河守此岁月吧！大年夜的孩子，只守一夕华丽的光阴，而我们所要守的却是短如一生又复长如一生的年年岁岁岁岁年年啊！

原载一九八三年二月十三日《中国时报·人间副刊》

没有痕迹的痕迹

车又"凝"在高架桥上了,这一次很惨,十五分钟,不动,等动了,又缓如蜗牛。

如果是有车祸,我想,那也罢了,如果没有车祸也这么挤车,想想,真为以后的日子愁死了。

"那么,难道你希望有车祸吗?你这只顾车速却不检讨居心的坏蛋!"我暗骂了自己一句。

"不要这样嘛，我又不会法术，难道我希望有车祸就真会发生车祸吗？"我分辩，"如果有车祸，那可是它自己发生的。"

"宅心仁厚最重要，你给我记住！"

车下了高架桥，我看到答案了，果真是车祸，发生在剑潭地段。一条斑马线，线旁停着肇事的大公车，主角看来只是小小一堆，用白布盖着，我的心陡地抽紧。

为什么街上的死人都一例要用白布盖上？大概是基于对路人的仁慈吧？

而那一堆白色又是什么？不再有性别，不再有年龄，不再有职业，不再有智愚，不再有媸妍。死人的单位只是一"具"。

我连默默致意的时间也不多，后面的车子叫我，刚才的恶性等待使大家早失去了耐性。

第二天，车流通畅，又经过剑潭，我刻意慢下来，想看看昨天的现场。一切狼藉物当然早已清理好了，我仔细看去，只有柏油地上一摊比较深的痕迹——这就是人类生物性的留痕吧？当然是血，还有血里所包含的油脂、铁、钾、钠、磷……就只是这样吗？一抹深色痕迹，不知道的人怎知道那里就是某人的一生？

啊，我愿天下人都不要如此撞人致死，使人变成一抹痕迹，我也愿天下没有人被撞死，我不要任何人变成地上的暗迹。

　　更可哀的是，事情隔了个周末，我再走这条路，居然发现连那抹深痕也不见了。是尘沙磋磨？是烈日晒融了柏油？是大雨冲刷？总之，连那一抹深痕也不见了。

　　生命可以如此翻脸无情，我算是见识到了。

　　至今，我仍然不时在经过"那地点"的时候，望一望如今已没有痕迹的痕迹。也许，整个大地，都曾有古人某种方式的留痕——大屯山头可能某一猎人肚破肠流，号称"黑水沟"的海沟中可能曾有人留下一旋泡沫。

　　如此而已，那么，这世上，还真有一种东西叫作"可争之物"吗？

人生的什么和什么

　　她的手轻轻地搭在方向盘上，外面下着小雨。收音机正转到一个不知什么台的台上，溢漫出来的是安静讨好的古典小提琴。

　　前面是隧道，车如流水，汇集入洞。

　　"各位亲爱的听众，人生最重要的事其实只有两件，那就是……"

　　主持人的声音向例都是华丽明亮的居多，何况她正在义无反顾地宣称这项真理。

她其实也愿意听听这项真理，可是，这里是隧道，全长五百公尺，要四十秒钟才走得出来，隧道里面声音断了，收音机只会嗡嗡地响。她忽然烦起来，到底是哪两项呢？要猜，也真累人，是"物质与精神"吗？是"身与心"吗？是"爱情与面包"吗？是"生与死"吗？或"爱与被爱"？隧道不能倒车，否则她真想倒车出去听完那段话再进来。

隧道走完了，声音重新出现，是音乐，她早料到了四十秒太久，按一分钟可说二百字的广播速度来说，播音员已经说了一百五十个字了，一百五十字，什么人生道理不都给她说完了吗？

她努力去听音乐，心里想，也许刚才那段话是这段音乐的引言，如果知道这段音乐，说不定也可以又猜出前面那段话。

音乐居然是《彼得与狼》——这当然不会是答案。

依她的个性，她知道自己会怎么做，她会再听下去，一直听到主持人播报他们电台和节目的名字，然后，打电话去追问漏听的那一段来，主持人想必也很乐意问答。

可是，有必要吗？四十岁的人了，还要知道人生最重要的事是"什么和什么"吗？她伸手关上了收音机，雨大了，她按下雨刷。

不识

　　父母能赐你以相似的骨肉与血脉，却从不与你一颗真正解读他们的心。

　　家人至亲，我们自以为极亲极爱了解的，其实我们所知道的也只是肤表的事件而不是刻骨的感觉。

　　父亲的追思会上，我问弟弟：

　　"追诉平生，就由你来吧，你是儿子。"

弟弟沉吟了一下，说：

"我可以，不过我觉得你知道的事情更多些，有些事情，我们小的没赶上。"

然而，我真的知道父亲吗？我们曾认识过父亲吗？我愕然不知怎么回答。

"小的时候，家里穷，除了过年，平时都没有肉吃，如果有客人来，就去熟肉铺子切一点肉，偶尔有个挑担子卖花生米、小鱼的人经过，我们小孩子就跟着那个人走。没的吃，看看也是好的，我们就这样跟着跟着，一直走，都走到隔壁庄子去了，就是舍不得回头。"

那是我所知道的，他最早的童年故事。我有时忍不住，想掏把钱塞给那九十年前的馋嘴小男孩，想买一把花生米、小鱼填填他的嘴……

我问我自己，你真的了解那小男孩吗？还是你只不过在听故事？如果你不曾穷过饿过，那小男孩巴巴的眼神你又怎么读得懂呢？

读完徐州城里的第七师范的附小，他打算读第七师范，家人带他去见一位堂叔，目的是借钱。

堂叔站起身来，从一把旧铜壶里掏出二十一块银元。

堂叔的那二十一块银元改变了父亲的一生。

我很想追上前去看一看那堂叔看着他的怜爱的眼神。他必是族人中最聪明的孩子，堂叔才慨然答应借钱的吧！听说小学时代，他每天上学都不从市内走路，嫌人车杂沓。他宁可绕着古城周围的城墙走，他一面走，一面大声背书。那意气飞扬的男孩，天下好像没有可以难倒他的事。

然而，我真认识那孩子吗？那个捧着二十一块银元来向这个世界打天下的孩子。我平生读书不过只求缘尽兴而已，我大概不能懂得那一心苦读求上进的人，那孩子，我不能算是深识他。

"台湾出的东西，就是没老家的好！"父亲总爱这么感叹。

我有点反感，他为什么一定要坚持老家的东西比这里好呢？他离开老家都已经这么多年了。

"老家没有的就不说了，咱说有的，譬如这香椿。"他指着院子里的香椿树，台湾的，"长这么细细小小一株。在我们老家，那可是和榕树一样的大树咧！而且台湾是热带，一年到头都能长新芽，那芽也就不嫩了。在我们老家，只有春天才冒得出新芽来，忽然一下，所有的嫩芽全冒出来了，又厚又多汁，大人小孩全来采呀，采下来用盐一揉，放在格架上晾，那架子上腌出来的卤汁就呼噜——呼噜——地一直流，下面就用盆接着，那卤汁下起面来，那个香呀——"

我吃过韩国的盐腌香椿芽，从它的形貌看来，揣想它未腌之前一定也极肥厚，故乡的香椿芽想来也是如此。但父亲形容香椿在腌制的过程中竟会"呼噜——呼噜——"流汁，我被他言语中的象声词所惊动，那香椿树竟在我心里成为一座地标，我每次都循着那株香椿树去寻找父亲的故乡。

但我真的明白那棵树吗？

父亲晚年，我推轮椅带他上南京中山陵，只因他曾跟我说过："总理下葬的时候，我是军校学生，上面在我们中间选了些人去抬棺材，我被选上了……"

他对总理一心崇敬——这一点，恐怕我也无法十分了然。我当然也同意孙中山是可敬佩的，但恐怕未必那么百分之百地心悦诚服。

"我们，那个时候……读了总理的书……觉得他讲的才是真有道理……"

能有一人令你死心塌地，生死追随，父亲应该是幸福的——而这种幸福，我并不能体会。

年轻时的父亲，有一次去打猎。一枪射出，一只小鸟应声而落，他捡起一看，小鸟已肚破肠流，他手里提着那温暖的肉体，看着那腹腔之内——俱全的五脏，忽然决定终其一生不再射猎。

父亲在同事间并不是一个好相处的人，听母亲说有人给他起个外号叫"杠子手"，意思是耿直不圆转。他听了也不气，只笑笑说"山难改，性难移"，从来不屑于改正。然而在那个清晨，在树林里，对一只小鸟，他却生慈柔之心，誓言从此不射猎。

父亲的性格如铁如砧，却也如风如水——我何尝真正了解过他？

《红楼梦》第一百二十回，贾政眼看着光头赤脚身披红斗篷的宝玉向他拜了四拜，转身而去，消失在茫茫雪原里，说：

"竟哄了老太太十九年，如今叫我才明白。"

贾府上下数百人，谁又曾明白宝玉呢？家人之间，亦未必真能互相解读吧？

我于我父亲，想来也是如此无知无识。他的悲喜、他的起落、他的得意与哀伤、他的憾恨与自足，我哪都能一一探知、一一感同身受呢？

蒲公英的散蓬能叙述花托吗？

不，它只知道自己在一阵风后身不由己地和花托相失相散了，它只记得叶嫩花初之际，被轻轻托住的安全的感觉。它只知道，后来，就一切都散了，胜利的也许是生命本身，草原上的某处，会有新的蒲公英冒出来。

我终于明白，我还是不能明白父亲。至亲如父女，也只能如此。

我觉得痛，却亦转觉释然，为我本来就无能认识的生命，为我本来就无能认识的死亡，以及不曾真正认识的父亲。原来没有谁可以彻骨认识谁，原来，我也只是如此无知无识。

我有

那天下午回家，心里好不如意，坐在窗前，禁不住地怜悯起自己来。

窗棂间爬着一溜紫藤，隔着青纱和我对坐着，在微凉的秋风里和我互诉哀愁。

事情总是这样的，你总得不到你所渴望的公平。你努力了，可是并不成功，因为掌握你成功的是别人，而不是你自己。我也许并不稀罕那份成功，可是，心里总不免有一份受愚的感觉。就好像小时候，你站在糖食店的门口，那里有一份抽奖的牌子。你的眼睛望着那最大最漂亮的奖品，可是你总抽不着，你袋子里的镍币空了，可是那份希望仍然高高地悬着。直到有一天，你忽然发现，事实上根本没有那份奖额，那些藏在一排排红纸后面的签全是些空白的或者是近于空白的小奖。

那串紫藤这些日子以来美得有些神奇，秋天里的花就是这样的，不但美丽，而且有那么一份凄凄艳艳的韵味。风一过的时候，醉红乱旋，把怜人的红意都荡到隔窗的小室中来了。

唉，这样美丽的下午，把一腔怨烦衬得更不协调了。可恨的还不止是那些事情的本身，更有被那些事扰乱得不再安宁的心。

翠生生的叶子簌簌作响，如同檐前的铜铃，悬着整个风季的音乐。这音乐和蓝天是协调的，和那一滴滴晶莹的红也是协调的——只是和我受愚的心不协调。

其实我们已经受愚多次了，而这么多次，竟没有能改变我们的心，我们仍然对人抱着孩子式的信任，仍然固执地期望着良善，仍然宁可被人负，而不负人，所以，我们仍然容易受伤。

我们的心敞开，为要迎一只远方的青鸟。可是扑进来的总是蝙蝠，而我们不肯关上它，我们仍然期待着青鸟。

　　我站起身，眼前的绿烟红雾缭绕着，使我有着微微眩晕的感觉，遮不住的晚霞破墙而来，把我罩在大教堂的彩色玻璃下，我在那光辉中立着，洒金的分量很沉重地压着我。

　　"这些都是你的，孩子，这一切。"

　　一个遥远而又清晰的声音穿过脆薄的叶子传来，很柔和，很有力，很使我震惊。

　　"我的？"

　　"是的，我给了你很久了。"

　　"唔，"我说，"我不知道。"

　　"我晓得，"他说，声音里流溢着悲悯，"你太忙。"

　　我哭了，虽然没有责备。

　　等我抬起头来的时候，那声音便悄悄隐去了，只有柔和的晚风久久不肯散去。我疲倦地坐下去，疲于一个下午的怨怒。

　　我真是很愚蠢的——比我所想象的更愚蠢，其实我一直是这么富有的，我竟然茫无所知，我老是计较着，老是不够洒脱。

　　有微小的钥匙转动的声音，是他回来了。他总是想偷偷地走进来，让我有一个小小的惊喜，可是他办不到，他的步子又重又实，他就是这样的。

　　现在他是站在我的背后了，那熟悉的皮夹克的气息四面袭来，把我沉在很幸福的孩童时期的梦幻里。

"不值得的，"他说，"为那些事失望是太廉价了。"

"我晓得，"我玩着一裙阳光喷射的洒金点子，"其实也没有什么。"

"人只有两种，幸福的和不幸福的。幸福的人不能因不幸的事变成不幸福，不幸福的人也不能因幸运的事变成幸福。"

他的目光俯视着，那里面重复地写着一行最美丽的字眼，我立刻再一次知道我是属于哪一类了。

"你一定不晓得的，"我怯怯地说，"我今天才发现，我有好多好多东西。"

"真的那么多吗？"

"真的，以前我总觉得那些东西是上苍赐予全人类的，但今天我知道，那是我的，我一个人的。"

"你好富有。"

"是的，很富有，我的财产好殷实。我告诉你，我真的相信，如果今天黄昏时宇宙间只有我一个人，那些晚霞仍然会排铺在天上的，那些花儿仍然会开成一片红色的银河系的。"

忽然我发现那些柔柔的须茎开始在风中探索，多么细弱的挣扎，那些卷卷的绿意随风上下，一种撼人的生命律动。从窗棂间望出去，晚霞的颜色全被这些纤纤约约的小触须给抖乱了，乱得很鲜活。

生命是一种探险，不是吗？那些柔弱的小茎能在风里成长，我又何必在意长长的风季？

忽然，我再也想不起刚才忧愁的真正原因了。我为自己的庸俗愕然了好一会儿。

有一堆温柔的火焰从他双眼中升起。我们在渐冷的暮色里互望着。

"你还有我，不要忘记。"他的声音有如冬夜的音乐，把人圈在一团遥远的烛光里。

我有着的，这一切我一直有着的，我怎么会忽略呢？那些在秋风里犹为我绿着的紫藤，那些虽然远在天边还向我絮然的红霞，以及那些在一凝注间的爱情，我还能更求些什么呢？

那些叶片在风里翻着浅绿的浪，如同一列编磬，敲出很古典的音色。我忽然听出，这是最美的一次演奏，在整个长长的秋季里。

回头觉

几个朋友围坐聊天，聊到"睡眠"。

"世上最好的觉就是回头觉。"有一人发表意见。

立刻有好几人附和。回头觉也有人叫"还魂觉"，如果睡过，就知道其妙无穷。

回头觉是好觉，这种状况也许并不合理，因为好觉应该一气呵成，首尾一贯才对，一口气睡得饱饱，起来时可以大喝一声："八小时后又是一条好汉！"

回头觉却是残破的，睡到一半，闹钟猛叫，必须爬起，起来后头重脚轻，昏昏倒倒，神志迷糊，不知怎么却又猛想起，今天是假日，不必上班上学，于是立刻回去倒头大睡。这"倒下之际"那种失而复得的喜悦，是回头觉甜美的原因。

世间万事，好像也是如此，如果不面临"失去"的惶恐，不像遭剥皮一般被活活剥下什么东西，也不会憬悟"曾经拥有"的喜悦。

你不喜欢你所住的公寓，它窄小、通风不良，隔间也不理想，但有一天你忽然听见消息，说它是违章建筑，违反都市计划，市府下个月就要派人来拆了。这时候你才发现它是多么好的一栋房子啊，它多么温馨安适，一旦拆掉真是可惜，叫人到哪里再去找一栋和它相当的好房子？

如果这时候有人告诉你这一切不过是误传，这栋房子并不是违建，你可以安心地住下去——这时候，你不禁欢欣忭，仿佛捡到一栋房子。

身边的人也是如此，惹人烦的配偶，缠人的小孩，久病的父母，一旦无常，才知道因缘不易。从癌症魔掌中抢回亲人，往往使我们有叩谢天恩的冲动。

原来一切的"继续"其实都可以被外力"打断"，一切的"进行"都可能强行"中止"，而所谓的"存在"也都可以剥夺成"不存在"。

能睡一个完美的觉的人是幸福的，可惜的是他往往并不知道自己拥有那份幸福。因此被吵醒而回头再睡的那一觉反而显得更幸福，只有遭剥夺的人才知道自己拥有的是什么。

让我们想象一下自己拥有的一切有多少是可能遭掠夺的，这种想象有助于增长自己的"幸福评分指数"。

盒子

　　过年，女儿去买了一小盒她心爱的进口雪藏蛋糕。因为是她的"私房点心"，她很珍惜，每天只切一小片来享受，但熬到正月十五元宵节，也终于吃完了。

　　黄昏灯下，她看着空去的盒子，恋恋地说："这盒子，怎么办呢？"

　　我走过去，跟她一起发愁，盒子依然漂亮，是闪烁生辉的金属薄片做成的。但这种东西目前不回收，而，蛋糕又已吃完了……

"丢了吧！"我狠下心说。

"丢东西"这件事，在我们家不常发生，因为总忍不住惜物之情。

"曾经装过那么好吃的蛋糕的盒子呢！"女儿用眼睛，继续舔着余芳犹在的盒子，像小猫用舌头一般。

"装过更好的东西的盒子也都丢了呢！"我说着说着就悲伤愤怒起来，"装过莎士比亚全部天才的那具身体不是丢了吗？装过王尔德，装过撒母耳·贝克特，装过李贺，装过苏东坡，装过书法家台静农的那些身体又能怎么样？还不是说丢就丢！丢个盒子算什么？只要时候一到，所有的盒子都得丢掉！"

那个晚上，整个城市华灯高照，是节庆的日子哩，我却偏说些不吉利的话——可是，生命本来不就是那么一回事吗？

曾经是一段惊人的芬芳甜美，曾经装在华丽炫目的盒子里，曾经那么招人爱，曾经令人欣慕垂涎，曾经傲视同侪，曾经光华自足……而终于人生一世，善舞的，舞低了杨柳楼心的皓月；善战的，踏遍了沙场的暮草荒烟；善诗的，惊动了山川鬼神；善于聚敛的，有黄金珠玉盈握……而至于他们自己的一介肉身，却注定是抛向黄土的一具盒子。

　　"今晚垃圾车来的时候，记得要把它丢了，"我柔声对女儿说，

"曾经装过那么好吃的蛋糕，也就够了。"

　　　　　　　　原载一九九一年三月八日《联合报·副刊》

月，阙也

"月，阙也"那是一本两千年前的文学专书的解释。阙，就是"缺"的意思。

那解释使我着迷。

曾国藩把自己的住所题作"求阙斋"，求缺？为什么？为什么不求完美？

那斋名也使我着迷。

　　"阙"有什么好呢？"阙"简直有点像古中国性格中的一部分，我渐渐爱上了阙的境界。

　　我不再爱花好月圆了吗？不是的，我只是开始了解花开是一种偶然，但我同时学会了爱它们月不圆花不开的"常态"。

　　在中国的传统里，"天残地缺"或"天聋地哑"的说法几乎是毫无疑问地被一般人所接受。也许由于长期的患难困顿，中国神话中对天地的解释常是令人惊讶的。

　　在《淮南子》里，我们发现中国的天空和中国的大地都是曾经受伤的。女娲以其柔和的慈手补缀抚平了一切残破。当时，天穿了，女娲炼五色石补了天。地摇了，女娲折断了神鳌的脚爪垫稳了四极（多像老祖母叠起报纸垫桌子腿）。她又像一个能干的主妇，扫了一堆芦灰，止住了洪水。

　　中国人一直相信天地也有其残缺。

　　我非常喜欢中国西南部纳西族的神话，他们说，天地是男神女神合造的。当时男神负责造天，女神负责造地。等他们各自分头完成了天地而打算合在一起的时候，可怕的事发生了：女神太勤快，她们把地造得太大，以至于跟天没办法合起来了。但是，他们终于想到了一个好办法，他们把地折叠了起来，形成高山低谷，然后，天地才虚合起来了。

是不是西南的崇山峻岭给他们灵感，使他们想起这则神话呢？

天地是有缺陷的，但缺陷造成了皱褶，皱褶造成了奇峰幽谷之美。月亮是不能常圆的，人生不如意事十常八九；当我们心平气和地承认这一切缺陷的时候，我们忽然发觉没有什么是不可以接受的。

在另一则汉民族的神话里，说到大地曾被共工氏撞不周山时撞歪了——从此"地陷东南"，长江黄河便一路浩浩淼淼地向东流去，流出几千里地惊心动魄的风景。而天空也在当时被一起撞歪了，不过歪的方向相反，是歪向西北，据说日月星辰因此哗啦一声大部分都倒到那个方向去了。如果某个夏夜我们抬头而看，忽然发现群星灼灼然的方向，就让我们相信，属于中国的天空是"天倾西北"的吧！

五千年来，汉民族便在这歪倒倾斜的天地之间挺直脊骨生活下去，只因我们相信残缺不但是可以接受的，而且是美丽的。

而月亮，到底曾经真正圆过吗？人生世上其实也没有看过真正圆的东西。一张葱油饼不够圆，一块镍币也不够圆。即使是圆规画的圆，如果用高度显微镜来看也不可能圆得很完美。

真正的圆存在于理念之中，而在现实的世界里，我们只能做圆的"复制品"。就现实的操作而言，一截圆规上的铅笔心在画圆的起点和终点时，已经粗细不一样了。

　　所有的天体远看都呈球形，但并不是绝对的圆，地球是约略近于椭圆形。

　　就算我们承认月亮约略的圆光也算圆，它也是"方其圆时，即其缺时"。有如十二点整的钟声，当你听到钟响时，已经不是十二点了。

　　此外，我们更可以换个角度看。我们说月圆月阙其实是受我们有限的视觉所欺骗。有盈虚变化的是月光，而不是月球本身。月何尝圆，又何尝缺，它只不过像地球一样不增不减地兀自圆着——以它那不十分圆的圆。

　　花朝月夕，固然是好的，只是真正的看花人哪一刻不能赏花？在初生的绿芽嫩嫩怯怯地探头出土时，花已暗藏在那里。当柔软的枝条试探地在大气中舒手舒脚时，花隐在那里。当蓓蕾悄然结胎时，花在那里。当花瓣怒张时，花在那里。当香销红黯委地成泥的时候，花仍在那里。当一场雨后只见满丛绿肥的时候，花还在那里。当果实成熟时，花恒在那里，甚至当果核深埋地下时，花依然在那里……

　　或见或不见，花总在那里。或盈或缺，月总在那里。不要做一朝的看花人吧！不要做一夕的赏月人吧，人生在世哪一刻不美好完满？哪一刹那不该顶礼膜拜感激欢欣呢？

　　因为我们爱过圆月，让我们也爱缺月吧——它们原是同一个月亮啊！

想要道谢的时刻

研究室里,我正伏案赶一篇稿子,为了抢救桃园山上一栋"仿唐式"木造建筑。自己想想也好笑,怎么到了这个年纪,拖儿带女过日子,每天柴米油盐烦心,却还是一碰到事情就心热如火呢?

正赶着稿,眼角余风却看到玻璃垫上有些小黑点在移动,我想,难道是蚂蚁吗?咦,不止一只哩,我停了笔,凝目去看,奇怪,又没有了,等我写稿,它又来了。我干脆放下笔,想知道这神出鬼没的蚂蚁究竟是怎么回事。

终于让我等到那黑点了，把它看清楚后我忍不住笑了起来，它们哪里是蚂蚁，简直天差地远，它们是鸟哩——不是鸟的实体，是鸟映在玻璃上的倒影。

于是我站起来，到窗口去看天，天空里有八九只纯黑色的鸟在回旋疾飞，因为飞得极高，所以只剩一个小点，但仍然看得出来有分叉式的尾巴，是乌鹜吗？还是小雨燕？

几天来因为不知道那栋屋子救不救得了，心里不免忧急伤恻，但此刻，却为这美丽的因缘而感谢得想顶礼膜拜，心情也忽然开朗起来。想想世上有几人能幸福如我，五月的研究室，一下子花香入窗，一下子清风穿户，时不时的我还要起身"送客"，所谓"客"，是一些笨头笨脑的蜻蜓，老是一不小心就误入人境，在我的元杂剧和明清小品文藏书之间横冲直撞，我总得小心翼翼地把它们送回窗外去。

而今天，撞进来的却是高空上的鸟影，能在映着鸟影的玻璃垫上写文章，是李白杜甫和苏东坡全然想象不出的佳趣哩！

也许美丽的不是鸟，甚至美丽的不是这繁锦般的五月，美丽的是高空鸟影偏偏投入玻璃垫上的缘会。因为鸟常有，五月常有，玻璃垫也常有，唯独五月鸟翼掠过玻璃垫上晴云的事少有，是连创意设计也设计不来的。于是转想我能生为此时此地之人，为此事此情而忧心，则这份烦苦也是了不得的机缘。文王周公没有资格为桃园神社担心，为它担心疾呼是我和我的朋友才有的权利！所以，连这烦虑也可算是一场美丽的缘法了。为今天早晨这不曾努力就获得的奇遇，为这不必要求就拥有的佳趣，（虽然只不过是来了又去了的玻璃垫上的黑点）为那可以对自己安心一笑的体悟，我郑重万分地想向大化道一声谢谢。

第四辑

你不能要求
简单的答案

这世上没有什么不是一生一世的，要做英雄、
要做学者、要做诗人、要做情人，所要付出的代价
不多不少，只是一生一世，只是生死以之。

我喜欢

　　我喜欢活着，生命是如此充满愉悦。

　　我喜欢冬天的阳光，在迷茫的晨雾中展开。我喜欢那份宁静淡远，我喜欢那没有喧哗的光和热，而当中午，满操场散坐着晒太阳的人，那种原始而纯朴的意象总深深地感动着我的心。

　　我喜欢在春风中踏过窄窄的山径，草莓像精致的红灯笼，一路殷勤地张结着。我喜欢抬头看树梢尖尖的小芽儿，极嫩的黄绿色中透着一派天真的粉红——它好像准备着要奉献什么，要展示什么。那柔弱而又生意盎然的风度，常在无言中教导我一些最美丽的真理。

我喜欢看一块平平整整、油油亮亮的秧田。那细小的禾苗密密地排在一起，好像一张多绒的毯子，是集许多翠禽的羽毛织成的，它总是激发我想在上面躺一躺的欲望。

我喜欢夏日的永昼，我喜欢在多风的黄昏独坐在傍山的阳台上。小山谷里的稻浪推涌，美好的稻香翻腾着。慢慢地，绚丽的云霞被浣净了，柔和的晚星遂一一就位。我喜欢观赏这样的布景，我喜欢坐在那舒服的包厢里。

我喜欢看满山芦苇，在秋风里凄然地白着。在山坡上，在水边上，美得那样凄凉。那次，刘告诉我他在梦里得了一句诗："雾树芦花连江白。"意境是美极了，平仄却很拗口。想凑成一首绝句，却又不忍心改它。想联成古风，又苦再也吟不出相当的句子。至今那还只是一句诗，一种美而孤立的意境。

我也喜欢梦，喜欢梦里奇异的享受。我总是梦见自己能飞，能跃过山丘和小河。我总是梦见奇异的色彩和悦人的形象。我梦见棕色的骏马，发亮的鬃毛在风中飞扬。我梦见成群的野雁，在河滩的丛草中歇宿。我梦见荷花海，完全没有边际，远远在炫耀着模糊的香红——这些，都是我平日不曾见过的。最不能忘记那次梦见在一座紫色的山峦前看日出——它原来必定不是紫色的，只是翠岚映着初升的红日，遂在梦中幻出那样奇特的山景。

我当然同样在现实生活里喜欢山，我办公室的长窗便是面山而开的。每次当窗而坐，总沉得满几尽绿，一种说不出的柔和。较远的地方，教堂尖顶的白色十字架在透明的阳光里巍立着，把蓝天撑得高高的。

我还喜欢花，不管是哪一种。我喜欢清瘦的秋菊，浓郁的玫瑰，孤洁的百合，以及幽闲的素馨。我也喜欢开在深山里不知名的小野花。十字形的、斛形的、星形的、球形的。我十分相信上帝在造万花的时候，赋给它们同样的尊荣。

我喜欢另一种花儿，是绽开在人们笑颊上的。当寒冷早晨我在巷子里，对门那位清癯的太太笑着说："早！"我就忽然觉得世界是这样的亲切，我缩在皮手套里的指头不再感觉发僵，空气里充满了和善。

当我到了车站开始等车的时候，我喜欢看见短发齐耳的中学生，那样精神奕奕的，像小雀儿一样快活的中学生。我喜欢她们美好宽阔而又明净的额头，以及活泼清澈的眼神。每次看着她们老让我想起自己，总觉得似乎我仍是她们中间的一个。仍然单纯地充满了幻想，仍然那样容易受感动。

当我坐下来，在办公室的写字台前，我喜欢有人为我送来当天的信件。我喜欢读朋友们的信，没有信的日子是不可想象的。我喜欢读弟弟妹妹的信，那些幼稚纯朴的句子，总是使我在泪光中重新看见南方那座燃遍凤凰花的小城。最不能忘记那年夏天，德从最高的山上为我寄来一片蕨类植物的叶子。在那样酷暑的气候中，我忽然感到甜蜜而又沁人的清凉。

我特别喜爱读者的信件，虽然我不一定有时间回复。每次捧读这些信件，总让我觉得一种特殊的激动。在这世上，也许有人已透过我看见一些东西。这不就够了吗？我不需要永远存在，我希望我所认定的真理永远存在。

我把信件分放在许多小盒子里，那些关切和怀谊都被妥善地保存着。

除了信，我还喜欢看一点书，特别是在夜晚，在一灯荧荧之下。我不是一个十分用功的人，我只喜欢词曲方面的书。有时候也涉及一些古拙的散文，偶然我也勉强自己看一些浅近的英文书，我喜欢他们文字变化的活泼。

夜读之余，我喜欢拉开窗帘看看天空，看看灿如满园春花的繁星。我更喜欢看远处山坳里微微摇晃的灯光。那样模糊，那样幽柔，是不是那里面也有一个夜读的人呢？

在书籍里面我不能自抑地要喜爱那些泛黄的线装书，握着它就觉得握着一脉优美的传统，那涩黯的纸面蕴含着一种古典的美。我很自然地想到，有几个人执过它，有几个人读过它。他们也许都过去了。历史的兴亡、人物的迭代本是这样虚幻，唯有书中的智慧永远长存。

我喜欢坐在汪教授家中的客厅里，在落地灯的柔辉中捧一本线装的昆曲谱子。当他把旧发亮的褐色笛管举到唇边的时候，我就开始轻轻地按着板眼唱起来，那柔美幽咽的水磨调在室中低回着，寂寞而空荡，像江南一池微凉的春水。我的心遂在那古老的音乐中体味到一种无可奈何的轻愁。

我就是这样喜欢着许多旧东西，那块小毛巾，是小学四年级参加儿童周刊父亲节征文比赛得来的；那一角花岗石，是小学毕业时和小曼敲破了各执一半的；那具布娃娃是我儿时最忠实的伴侣；那本毛笔日记，是七岁时被老师逼着写成的；那两支蜡烛，是我过二十岁生日的时候，同学们为我插在蛋糕上的……我喜欢这些财富，以致每每整个晚上都在痴坐着，沉浸在许多快乐的回忆里。

我喜欢翻旧相片，喜欢看那个大眼睛长辫子的小女孩。我特别喜欢坐在摇篮里的那张，那么甜美无忧的时代！我常常想起母亲对我说："不管你们将来遭遇什么，总是回忆起来，人们还有一段快活的日子。"是的，我骄傲，我有一段快活的日子——不只是一段，我相信那是一生悠长的岁月。

我喜欢把旧作品一一检视，如果我看出已往作品的缺点，我就高兴得不能自抑——我在进步！我不是在停顿！这是我最快乐的事了，我喜欢进步！

我喜欢美丽的小装饰品，像耳环、项链和胸针。那样晶晶闪闪的、细细微微的、奇奇巧巧的。它们都躺在一个漂亮的小盆子里，炫耀着不同的美丽，我喜欢不时看看它们，把它们佩在我的身上。

我就是喜欢这么松散而闲适地生活，我不喜欢精密分配的时间，不喜欢紧张地安排节目。我喜欢许多不实用的东西，我喜欢充足的沉思时间。

我喜欢晴朗的礼拜天清晨，当低沉的圣乐冲击着教堂的四壁，我就忽然升入另一个境界，没有纷扰，没有战争，没有嫉恨与恼怒。人类的前途有了新光芒，那种确切的信仰把我带入更高的人生境界。

我喜欢在黄昏时来到小溪旁。四顾没有人，我便伸足入水——那被夕阳照得极艳丽的溪水，细沙从我趾间流过，某种白花的瓣儿随波飘去，一会儿就幻灭了——这才发现那实在不是什么白花瓣儿，只是一些被石块激起来的浪花罢了。坐着，坐着，好像天地间流动着和暖的细流。低头沉吟，满溪红霞照得人眼花，一时简直觉得双足是浸在一钵花汁里呢！

我更喜欢没有水的河滩，长满了高及人肩的蔓草。日落时一眼望去，白石不尽，有着苍莽凄凉的意味。石块垒垒，把人心里慷慨的意绪也堆叠起来了。我喜欢那种情怀，好像在峡谷里听人喊秦腔，苍凉的余韵回转不绝。

我喜欢别人不注意的东西，像草坪上那株没有人理会的扁柏，那株瑟缩在高大龙柏之下的扁柏。每次我走过它的时候总要停下来，嗅一嗅那股儿清香，看一看它谦逊的神气。有时候我又怀疑它是不是谦逊，因为也许它根本不觉得龙柏的存在。又或许它虽知道有龙柏存在，也不认为伟大与平凡有什么两样——事实上伟大与平凡的确也没有什么两样。

我喜欢朋友，喜欢在出其不意的时候去拜访他们。尤其喜欢在雨天去叩湿湿的大门，在落雨的窗前话旧是多么美，记得那次到中部去拜访芷的山居，我永不能忘记她看见我时的惊呼。当她连跑带跳地来迎接我，山上阳光就似乎忽然炽燃起来了。我们走在向日葵的荫下，慢慢地倾谈着。那迷人的下午像一阕轻快的曲子，一会儿就奏完了。

我极喜欢，而又带着几分崇敬去喜欢的，便是海了。那辽阔，那淡远，都令我心折。而那雄壮的气象，那平稳的风范，以及那不可测的深沉，一直向人类作着无言的挑战。

我喜欢家，我从来还不知道自己会这样喜欢家。每当我从外面回来，一眼看到那窄窄的红门，我就觉得快乐而自豪，我有一个家多么奇妙！

我也喜欢坐在窗前等他回家来。虽然过往的行人那样多，我总能分出他的足音。那是很容易的，如果有一个脚步声，一入巷子就开始跑，而且听起来是沉重急速的大阔步，那就准是他回来了！我喜欢他把钥匙放进门锁中的声音，我喜欢听他一进门就喘着气喊我的英文名字。

我喜欢晚饭后坐在客厅里的时分。灯光如纱，轻轻地撒开。我喜欢听一些协奏曲，一面捧着细瓷的小茶壶暖手。当此之时，我就恍惚能够想象一些田园生活的悠闲。

我也喜欢户外的生活，我喜欢和他并排骑着自行车。当礼拜天早晨我们一起赴教堂的时候，两辆车子便并驰在黎明的道上，朝阳的金波向两旁溅开，我遂觉得那不是一辆脚踏车，而是一艘乘风破浪的飞艇，在无声的欢唱中滑行。我好像忽然又回到刚学会骑车的那个年龄，那样兴奋，那样快活，那样唯我独尊——我喜欢这样的时光。

我喜欢多雨的日子。我喜欢对着一盏昏灯听檐雨的奏鸣。细雨如丝，如一天轻柔的叮咛。这时候我喜欢和他共撑一柄旧伞去散步。伞际垂下晶莹成串的水珠——一幅美丽的珍珠帘子。于是伞下开始有我们宁静隔绝的世界，伞下缭绕着我们成串的往事。

我喜欢在读完一章书后仰起脸来和他说话，我喜欢假想许多事情。

"如果我先死了，"我平静地说着，心底却泛起无端的哀愁，"你要怎么样呢？"

"别说傻话，你这憨孩子。"

"我喜欢知道，你一定要告诉我，如果我先死了，你要怎么办？"

他望着我，神色愀然。

"我要离开这里，到很远的地方去，去做什么，我也不知道，总之，是很遥远的很蛮荒的地方。"

"你要离开这屋子吗？"我急切地问，环视着被布置得像一片紫色梦谷的小屋。我的心在想象中感到一种剧烈的痛楚。

"不，我要拼着命去赚很多钱，买下这栋房子。"他慢慢地说，声音忽然变得凄怆而低沉：

"让每一样东西像原来那样被保持着。哦，不，我们还是别说这些傻话吧！"

我忍不住潸泪泫然了，我不明白，为什么我喜欢问这样的问题。

"哦，不要痴了，"他安慰着我，"我们会一起死去的。想想，多美，我们要相偕着去参加天国的盛会呢！"

我喜欢相信他的话，我喜欢想象和他一同跨入永恒。

我也喜欢独自想象老去的日子，那时候必是很美的。就好像夕晖满天的景象一样。那时再没有什么可争夺的，可流连的。一切都淡了，都远了，都漠然无介于心了。那时候智慧深邃明彻，爱情渐渐醇化，生命也开始慢慢蜕变，好进入另一个安静美丽的世界。啊，那时候，那时候，当我抬头看到精金的大道，碧玉的城门，以及千万只迎我的号角，我必定是很激励而又很满足的。

我喜欢，我喜欢，这一切我都深深地喜欢！我喜欢能在我心里充满着这样多的喜欢！

我不知道怎样回答

有些时候，我不知道怎样回答那些问题，可是……

有一次，经过一家木材店，忽然忍不住为之驻足了。秋阳照在那一片粗糙的木纹上，竟像炒栗子似的爆出一片干燥郁烈的芬芳。我在那样的香味里回到了太古，恍惚可以看到遮天蔽日的原始森林，我看到第一个人类以斧头斲擎天的绿意，一斧下去，木香争先恐后地喷向整个森林，那人几乎为之一震。每一棵树是一瓶久贮的香膏，一经启封，就香得不可收拾。每一痕年轮是一篇古赋，耐得住最仔细的吟读。

店员走过来，问我要买什么木料，我不知怎样回答。我可能愚笨地摇摇头。我要买什么，我什么都不缺，我拥有一街晚秋的阳光，以及免费的沉实浓馥的木香。要快乐，所需要的东西是多么出人意料地少啊！

我七岁那年，在南京念小学。我一直记得我们的校长。二十五年之后我忽然知道她在台北一个五专做校长，便决定去看看她。

校警把我拦住，问我找谁，我回答了他，他又问我找她干什么。我忽然支吾而不知所答，我找她干什么？我怎样使他了解我"不干什么"，我只是冲动地想看看二十五年前升旗台上一个亮眼的回忆，我只想把二十五年来还没有忘记的校歌背给她听，并且想问问她当年因为幼小而唱走了音的是什么字——这些都算不算事情呢？

一个人找一个人必须要"有事"吗？我忽然感到悲哀起来。那校警后来还是把我放了进去，我见到我久违了四分之一个世纪的一张脸，我更爱她——因为我自己也已经做了十年的老师，她也非常讶异而快乐，能在灾劫之余一同活着一同燃烧着，是一件可惊可叹的事。

儿子七岁了，忽然出奇地想建树他自己。有一天，我要他去洗手，他拒绝了。

"我为什么要洗手？"

"洗手可以干净。"

"干净又怎么样？不干净又怎么样？"他抬起调皮的晶亮眼睛。

"干净的小孩才有人喜欢。"

"有人喜欢又怎么样？没有人喜欢又怎么样？"

"有人喜欢将来才能找个女朋友啊！"

"有女朋友又怎么样？没有女朋友又怎么样？"

"有女朋友才能结婚啊！"

"结婚又怎么样？不结婚又怎么样？"

"结婚才能生小娃娃，妈妈才有孙子抱啊！"

"有孙子又怎么样？没有孙子又怎么样？"

我知道他简直为他自己所新发现的句子构造而着迷了，我知道那只是小儿的戏语，但也不由得不感到一阵生命的悲凉，我对他说：

"不怎么样！"

"不怎么样又怎么样？怎么样又怎么样？"

我在瞠目不知所对中感到一种敬意，他在成长，他在强烈地想要建树起他自己的秩序和价值，我感到一种生命深处的震动。

虽然我不知道怎样回答他的问题，虽然我不知道用什么方法使一个小男孩喜欢洗手，但有一件事我们彼此都知道，我仍然爱他，他也仍然爱我，我们之间仍然有无穷的信任和尊敬。

你不能要求简单的答案

年轻人啊，你问我说：

"你是怎样学会写作的？"

我说：

"你的问题不对，我还没有'学会'写作，我仍然在'学'写作。"

你让步了，说：

"好吧，请告诉我，你是怎么学写作的？"

这一次，你的问题没有错误，我的答案却仍然迟迟不知如何出手，并非我自秘不宣——但是，请想一想，如果你去问一位老兵：

"请告诉我，你是如何学打仗的？"

——请相信我，你所能获致的答案绝对和"驾车十要"或"计算机入门"不同。有些事无法做简单的回答，一个老兵之所以成为老兵，故事很可能要从他十三岁那年和弟弟一齐用门板扛着被日本人炸死的爹娘去埋葬开始，那里有其一生的悲愤郁结，有整个中国近代史的沉痛、伟大和荒谬。不，你不能要求简单的答案，你不能要一个老兵用明白扼要的字眼在你的问卷上做填充题，他不回答则已，如果回答，就必须连着他一生的故事。你必须同时知道他全身的伤疤，知道他的胃溃疡，知道他五十年来朝朝暮暮的豪情与酸楚……

年轻人啊，你真要问我跟写作有关的事吗？我要说的也是：除非我不回答你，要回答，其实也不免要夹上一生啊！（虽然一生并未过完）一生的受苦和欢悦，一生的痴意和决绝忍情，一生的有所得和有所舍。写作这件事无从简单回答，你等于要求我向你述说一生。

两岁半，年轻的五姨教我唱歌，唱着唱着，我就哭了，那歌词是这样的：

"小白菜呀,地里黄呀,三两岁上呀,没了娘呀……生个弟弟比我强呀……弟弟吃面,我喝汤呀……"

我平日少哭,一哭不免惊动妈妈,五姨也慌了,两人追问之下,我哽咽地说出原因:

"好可怜啊,那小白菜,晚娘只给她喝汤,喝汤怎么能喝饱呢?"

这事后来成为家族笑话,常常被母亲拿来复述,我当日大概因为小,对孤儿处境不甚了然,同情的重点全在"弟弟吃面她喝汤"的层面上,但就这一点,后来我细想之下,才发现已是"写作人"的根本。人人岂能皆成孤儿而后写孤儿?听孤儿的故事,便放声而哭的孩子,也许是比较可以执笔的吧。我当日尚无弟妹,在家中娇宠恣纵,就算逃难,也绝对不肯坐入挑筐。挑筐因一位挑夫可挑前后两箩筐,所以比较便宜。千山迢递,我却只肯坐两人合抬的轿子,也算是一个不乖的小孩了。日后没有变坏,大概全靠那点善于与人认同的性格。所谓"常抱心头一点春,须知世上苦人多"的心情,恐怕是比学问、见解更为重要的人之所以为人的本源。当然它也同时是写作的本源。

七岁,到了柳州,便在那里读小学三年级。读了些什么,一概忘了,只记得那是一座多山多水的城,好吃的柚子堆在浮桥的两侧卖。桥在河上，河在美丽的土地上。整个逃离的途程竟像一场旅行。听爸爸一面算计一面说："你已经走了大半个中国啦！从前的人，一生一世也走不了这许多路的。"小小年纪当时心中也不免陡生豪情侠义。火车在山间蜿蜒，血红的山踯躅开得满眼，小站上有人用小砂甑闷了香肠饭在卖，好吃得令人一世难忘。整个中国的大苦难我并不了然，知道的只是火车穿花而行，轮船破碧疾走，一路懵懵懂懂南行到广州，仿佛也只为到水畔去看珠江大桥，到中山公园去看大象和成天降下祥云千朵的木棉树……

那一番大搬迁有多少生离死别，我却因幼小只见山河的壮阔，千里万里的异风异俗。某一夜的山月，某一春的桃林，某一女孩的歌声，某一城堞的黄昏，大人在忧思中不及一见的景致，我却一一铭记在心，乃至一饭一蔬一果，竟也多半不忘。古老民间传说中的天机，每每为童子见到，大约就是因为大人易为思虑所蔽。我当日因为浑然无知，反而直窥入山水的一片清机。山水至今仍是那一砚浓色的墨汁，常容我的笔有所汲饮。

小学三年级，写日记是一个很痛苦的回忆。用毛笔，握紧了写。（因为母亲常绕到我背后偷抽毛笔，如果被抽走了，就算握笔不牢，不合格）七岁的我，哪有什么可写的情节，只好对着墨盒把自己的日子从早到晚一遍遍地再想过。其实，等我长大，真的执笔为文，才发现所写的散文，基本上也类乎日记。也许不是"日记"而是"生记"，是一生的记录。一般的人，只有幸"活一生"，而创作的人，却能"活两生"。第一度的生活是生活本身；第二度是运用思想再追回它一遍，强迫它复现一遍。萎谢的花不能再艳，磨成粉的石头不能重坚，写作者却能像呼唤亡魂一般把既往的生命唤回，让它有第二次的演出机缘。人类创造文学，想来，目的也即在此吧？我觉得写作是一种无限丰盈的事业，仿佛别人的卷筒里填塞的是一份冰淇淋，而我的，是双份，是假日里买一送一的双份冰淇淋，丰盈满溢。

也许应该感谢小学老师的，当时为了写日记把日子一寸寸回想再回想的习惯，帮助我有一个内省的深思人生。而常常偷偷来抽笔的母亲，也教会我一件事：不握笔则已，要握，就紧紧地握住，对每一个字负责。

八岁以后，日子变得诡异起来，外婆猝死于心脏病。她一向疼我，但我想起她来却只记得她拿一根筷子、一片铜制钱，用棉花自己捻线来用。外婆从小出身富贵之家，却勤俭得像没隔宿之粮的人。其实五岁那年，我已初识死亡，一向带我的佣人在南京因肺炎而死，不知是几"七"，家门口铺上炉灰，等着看他的亡魂回不回来，铺炉灰是为了检查他的脚印。我至今几乎还能记起当时的惧怖，以及午夜时分一声声凄厉的狗号。外婆的死，再一次把死亡的剧痛和荒谬呈现给我，我们折着金箔，把它吹成元宝的样子，火光中我不明白一个人为什么可以如此彻底消失了。葬礼的场面奇异诡秘，"死亡"一直是令我恐惧乱怖的主题——我不知该如何面对它。我想，如果没有意识到死亡，人类不会有文学和艺术。我所说的"死亡"，其实是广义的，如即聚即散的白云，旋开旋灭的浪花，一张年头鲜艳年尾破败的年画，或是一支心爱的自来水笔，终成破敝。

文学对我而言，一直是那个挽回的"手势"。果真能挽回吗？大概不能吧？但至少那是个依恋的手势，强烈的手势，照中国人的说法，则是个天地鬼神亦不免为之愀然色变的手势。

读五年级的时候，有个陈老师很奇怪地要我们几个同学来组织一个"绿野"文艺社。我说"奇怪"，是因为他不知是有意或无意的，竟然丝毫不拿我们当小孩子看待。他要我们编月刊；要我们在运动会里做记者并印发快报；他要我们写朗诵诗，并且上台表演；他要我们写剧本，而且自导自演。我们在校运会中挂着记者条子跑来跑去的时候，全然忘了自己是个孩子，满以为自己真是个记者了，现在回头去看才觉好笑。我如今也教书，很不容易把学生看作成人，当初陈老师真了不起，他给我们的虽然只是信任而不是赞美，但也够了。我仍记得白底红字的油印刊物印出来之后，我们去一一分派的喜悦。

我间接认识一个名叫安娜的女孩，据说她也爱诗。她要过生日的时候，我打算送她一本《徐志摩诗集》。那一年我初三，零用钱是没有的，钱的来源必须靠"意外"，要买一本十元左右的书因而是件大事。于是我盘算又盘算，决定一物两用。我打算早一个月买来，小心地读，读完了，还可以完好如新地送给她。不料一读之后就舍不得了，而霸占礼物也说不过去，想来想去，只好动手来抄，把喜欢的诗抄下来。这种事，古人常做，复印机发明以后就渐成绝响了。但不可解的是，抄完诗集以后的我整个和抄书以前的我不一样了。把书送掉的时候，我竟然觉得送出去的只是形体，一切的精华早为我所吸取，这以后我欲罢不能地抄起书来，例如：从老师处借来的冰心的《寄小读者》，或者其他散文、诗、小说，都小心地抄在活页纸上。感谢贫穷，感谢匮乏，使我懂得珍惜，我至今仍深信最好的文学资源是来自双目也来自腕底。古代僧人每每刺血抄经，刺血也许不必，但一字一句抄写的经验却是不应该被取代的享受。仿佛玩玉的人，光看玉是不够的，还要放在手上抚触，行家叫"盘玉"。中国文字也充满触觉性，必须一个个放在纸上重新描摹——如果可能，加上吟哦会更好，它的听觉和视觉会一时复苏起来，活力弥新。当此之际，文字如果写的是花，则枝枝叶叶芬芳可攀；如果写的是骏马，则嘶声在耳，鞍辔光鲜，真可一跃而去。我的少年时代没有电视，没有电动玩具，但我反而因此可以看见希腊神话中赛克公主的绝世美貌，黄河冰川上的千古诗魂……

读我能借到的一切书，买我能买到的一切书，抄录我能抄录的一切片段。

刘邦、项羽看见秦始皇出游，便跃跃然有"我也能当皇帝"的念头，我只是在看到一篇好诗好文的时候有"让我也试一下"的冲动。这样一来，只有对不起国文老师了。每每放了学，我穿过密生的大树，时而停下来看一眼枝丫间乱跳的松鼠，一直跑到国文老师的宿舍，递上一首新诗或一阕词，然后怀着等待开奖的心情，第二天再去老师那里听讲评。我平生颇有"老师缘"，回想起来皆非我善于撒娇或逢迎，而在于我老是"找老师的麻烦"。我一向是个麻烦特多的孩子，人家两堂作文课写一篇五百字"双十节感言"交差了事，我却抱着本子从上课写到下课，写到放学，写到回家，写到天亮，把一个本子全写完了，写出一篇小说来。老师虽一再被我烦得要死，却也对我终生不忘了。少年之可贵，大约便在于胆敢理直气壮地去麻烦师长，即使有老天爷坐在对面，我也敢连问七八个疑难,(经此一番折腾,想来,老天爷也忘不了我)为文之道其实也就是为人之道吧? 能坦然求索的人必有所获,那种渴切直言的探求,任谁都要稍稍感动让步的吧? (这位老师名叫钟莲英,后来她去了板桥艺大教书。)

你在信上问我,老是投稿,而又老是遭人退稿,心都灰了,怎么办?

你知道我想怎样回答你吗? 如果此刻你站在我面前,如果你真肯接受,我最诚实最直接的回答便是一阵仰天大笑:"啊! 哈——哈——哈——哈——哈……"笑什么呢? 其实我可以找到不少"现成话"来塞给你作标准答案,诸如"勿气馁"啦、"不懈志"啦、"再接再厉"啦、"失败为成功之母"啦,可是,那不是我想讲的。我想讲的,其实就只是一阵狂笑!

一阵狂笑是笑什么呢? 笑你的问题离奇荒谬。

投稿,就该投中吗? 天下哪有如此好事? 买奖券的人不敢抱怨自己不中,求婚被拒绝的人也不会到处张扬,开工设厂的人也都事先心里有数,这行业是"可能赔也可能赚"的。为什么只有年轻的投稿人理直气壮地要求自己的作品成为铅字? 人生的苦难千重,严重得要命的情况也不知要遇上多少次。生意场上、实验室里、外交场合,安详的表面下潜伏着长年的生死之争。每一类的成功者都有其身经百劫的疤痕，而年轻的你却为一篇退稿陷入低潮？

记得大一那年，由于没有钱寄稿，（虽然稿件视同印刷品，可以半价——唉，邮局真够意思，没发表的稿子他们也视同印刷品呢！——可惜我当时连这半价邮费也付不出啊）于是每天亲自送稿，每天把一番心血交给门口警卫以后便很不好意思地悄悄走开——我说每天，并没有记错，因为少年的心易感，无一事无一物不可记录成文，每天一篇毫不困难。胡适当年责备少年人"无病呻吟"，其实少年在呻吟时未必无病，只因生命资历浅，不知如何把话删削到只剩下"深刻"，遭人退稿也是活该。我每天送稿，因此每天也就可以很准确地收到两天前的退稿，日子竟过得非常有规律起来，投稿和退稿对我而言就像有"动脉"就有"静脉"一般，是合乎自然定律的事情。

那一阵投稿我一无所获——其实，不是这样的，我大有斩获，我学会用无所谓的心情接受退稿。那真是"纯写稿"，连发表不发表也不放在心上。

如果看到几篇稿子回航就令你沮丧消沉——年轻人，请听我张狂的大笑吧！一个怕退稿的人可怎么去面对冲锋陷阵的人生呢？退稿的灾难只是一滴水一粒尘的灾难，人生的灾难才叫排山倒海呢！碰到退稿也要沮丧——快别笑死人了！所以说，对我而言，你问我的问题不算"问题"，只算"笑话"，投稿投不中有什么大不了！如果你连这不算事情的事也发愁，你这一生岂不愁死？

传统中文系的教育很多人视之为写作的毒药，奇怪的是对我而言，它却给了我一些更坚实的基础。文字训诂之学，如果你肯去了解它，其间自有不能不令人动容的中国美学，声韵学亦然。知识本身虽未必有感性，但那份枯索严肃亦如冬日，繁华落尽处自有无限生机。和一些有成就的学者相比，我读的书不算多，但我自信每读一书于我皆有增益。读《论语》，于我竟有不胜低回之致；读史书，更觉页页行行都该标上惊叹号。世上既无一本书能教人完全学会写作，也无一本书完全于写作无益。就连看一本烂书，也算负面教材，也令我怵然自惕，知道自己以后为文万不可如此骄矜昏昧，不知所云。

有一天，在别人的车尾上看到"独身贵族"四个大字，当下失笑，很想在自己车尾上也标上"已婚平民"四个字。其实，人一结婚，便已堕入平民阶级，一旦生子，几乎成了"贱民"，生活中种种烦琐吃力处，只好一肩担了。平民是难有闲暇的，我因而不能有充裕的写作时间，但我也因而了解升斗小民在庸庸碌碌、乏善可陈的生活背后的尊严，我因怀胎和乳养的过程，而能确实怀有"彼亦人子也"的认同态度，我甚至很自然地用一种霸道的母性心情去关爱我们的环境和大地。我人格的成熟是由于我当了母亲，我的写作如果日有臻进，也是基于同样的缘故。

你看，你只问了我一个简单的问题，而我，却为你讲了我的半生。文章千古事，得失寸心知。记得旅行印度的时候，看到有些小女孩在编丝质地毯，解释者说：必须从幼年就学起，这时她们的指头细柔，可以打最细最精致的结子，有些毯子要花掉一个女孩一生的时间呢！文学的编织也如此一生一世吧？这世上没有什么不是一生一世的，要做英雄、要做学者、要做诗人、要做情人，所要付出的代价不多不少，只是一生一世，只是生死以之。

我，回答了你的问题吗？

无忌

这是许多年前的事了：

那天，丧礼礼堂里满满都是人，我坐在来宾座位上，等待上前去行礼。行礼的人不断，但都是一个个来的，我有点怜悯那丧家，他们遵古制跪在地上答礼，哀毁骨立。吊祭的人每行一礼，他们便叩首致谢，我心里过意不去，有些着急。我想，我来找个熟人一同行礼吧，这样，至少丧家可以少叩一次头，我不忍在他们的悲伤之上又加上辛劳。

这时，身旁刚好来了一位教授，此人七十多了，算是我同校的同事，我便央他说：

"我看他们丧家答礼也太累了，我们一起行礼吧！"

老教授回我一眼，说：

"这样不好，我们俩一起去，人家会误会的，不知我们是什么关系。"

我那时才三十出头，听此话不免大吃一惊，但转念一想，也不能说他的话全无道理。就我的想法，他是个长辈，但以世俗眼光来看，三十岁的女子和七十岁的男子也未必没有可能。他的考虑比较世故，比较周到，比较保护自己。

我当时也不免想到，咦，奇怪，我心里怎么就转不到这种念头上去？是因为我天真，还是因为我无知？还是思考方式里根本没想到男女之间的种种忌讳？我这样，是好，还是不好呢？

事隔多年，我四十出头了。去学车，不久拿到驾照，但还不敢上路。于是请了位年轻的教练，陪我从通衢大道开到羊肠小道，从白天开到夜晚，那几天竟开了一千公里。

有一天，开到阳明山上。我因初开车，十分专心，不敢旁骛，但眼角余光却似乎看到车站那里有个熟人在等车。我不敢猛然煞

车，只好开到前面，转个弯，再回来看一眼。果真是个旧识，我
于是跳下车来打招呼，那人也不觉惊奇，反而说：

"我早就看到是你。"

"那你怎么不叫我？我练车练得无聊死了！"

"可是，我看坐在你旁边的不是你的丈夫——我就不好意思
叫了。"

我被他那句话弄得又好笑又好气，凭什么身边坐个男子便关
系可疑？但这一次我又不得不承认，或许他仍是对的。朋友归朋友，
但一旦发现"朋友已发现自己的不可告人之密"，那时朋友之间
大概也不免尴尬吧？而那一天，在山径上，我那朋友怎么知道我
身边的年轻男子和我并没有"情节"？他是好意，我不能怪他。

而我自己，我仍旧维持自己一贯的坦然无忌——人生苦短，
各人还是照自己的性格活下去比较好。

我恨我不能如此抱怨

　　我不幸是一个"应该自卑"的人，不过所幸同时，又是一个糊涂的人，因此，靠着糊涂竟常常逾矩地忘了自己"应该自卑"的身份，这于我倒是件好事。

　　可是，每当我浑然欲忘的时候，总有一两个高贵的家伙适时提醒了我应该志之不忘的自卑感，使我不胜羞愤。

　　一日，我静坐悟道，忽然感出我种种自卑之端，皆在于生平不会埋怨。如果我一旦也像某些高贵的家伙整天能高声埋怨，低声叹气，想必也有一番风光。只是，此事知之虽不易，行之尤艰难，能"埋怨"的权利不是人人可以具备的。人家之所以高贵，是由于人家能"生而知之"地抱怨，次一等的也都或早或晚地参悟了"学而知之"的抱怨，我不幸是属于"困而不知"的绝物，我是一个注定应该自卑的角色了！

我生平第一件不如人的事便是中国话十分流利，使我失去了埋怨中国话的权利。无论什么话，要用国语讲出来于我竟是毫无窒碍，这件事真可耻。我很想努力雪耻，无奈已积习难返，力不从心了。试观今日之天下，讲中国话实为标准学人的第一大忌。我不幸没有得到良好的家教，从小竟然学会了中国话，思想起来对父母（乃至于祖父母）养子不教一事，总觉他们难于透过。他们竟然不约束我，致使我的中国话发展成如此畸形的完整，真是令我气愤。

如今学人演讲的必要程序之一便是讲几句话便忽然停下来，以优雅而微赧的声音说："说到 Oedipus Complex，唔，这句话该怎么说？对不起，中文翻译我也不太清楚，什么？俄狄浦斯情意综，是，是，唔，什么？恋母情结，是，是，我也不敢 Sure，好，Anyway，你们都知道 Oedipus Complex，中文，唉，中文翻译真是……"

当然，一次演讲只停下来抱怨一次中文是绝对不够光彩的，段数高的人必须五步一楼十步一阁，连讲到 Brother—in—law 也必须停下来。"是啊，这个字真难翻，姐夫？不，他不是他的姐夫。小舅子？也不是小舅子，什么？小叔子——小叔子是什么意思？丈夫的弟弟？不对，他是他太太的妹妹的丈夫，连襟，连襟是这个意思吗？好，他的 Brother—in—law，他的连，连什么，是，是，他的连襟，中文有些地方真是麻烦，英文就好多了。"

我对这种接驳式的演说真是企慕之至。试观他眉结轻绾，两手张摊的无奈，细赏他摇头叹息，嘴角下撇的韵味，真是儒雅风流，深得摩登才子之趣。细腰的沈约，白脸的何晏万万不能与之相比，而我辈一口标准中文的人更不敢望其项背。"思果"先生竟然不合时宜地大谈起"翻译"来，真正应该闭门"思过"了。万一我们把英文都翻成了流利的中文，以致失去这些美好的、俏皮的、充满异国风情的旖旎的演讲，岂不罪莫大焉。好在思果先生的谬论只是这伟大潮流中的一小股逆流，至少目前还未看出对学术的不良影响。

我生平第二件不如人的事是身体太好，以致失去了抱怨天气、抱怨胃口，以及抱怨一切疼痛的权利。其实我也深知四十岁以上的人如果没有点高血压、糖尿病和胆固醇偏高，简直就等于取得了一张如假包换的清寒证明书。而四十岁以下的人如果不曾惹上"神经衰弱""胃痛""寂寞的十七岁"之类的症候，无异自己承认 IQ 偏低，（IQ 该翻成什么，我不太清楚，噢，也许你说的对，好像是翻成智商）我不幸青黄不接，既没有捞着年轻人的病，也没赶上中老年人的热闹，真真是古人所谓的"粗安"。而且胃口尤其好，健康得近乎异常，在酒席上居然可以从拼盘吃到甜点，中间既不怕明虾引起敏感，也不嫌血蛤腥气，更压根儿没有想起肠子肚子是文明人该忌讳的东西，上青菜的时候又总是忘了强调一声欢呼："青菜来了！我最爱吃青菜了！"等别人先叫了我当然不免后悔，但已来不及了。试看人家在说这话的当儿显出多么高华的气质，言下之意不外"我家天天蒸龙炙凤，你这桌珍肴只有青菜是我很少吃到的"。而我觉得天下最可笑的事莫过于到酒席上去吃一棵用苏打水煮得酥软而又绿得古怪蹊跷的芥菜了。

偶然看一眼电视，我总是深感惭愧，简直像做了小偷似的。电视节目是卖药的提供的，看电视而不买药简直像看白戏一样不道德。设若人人都像我一样不道德，还得了吗？可惜卑鄙的我无论是"救心""救肾"都用不着，整肠健胃的药跟我也无缘，我甚至还忘了复兴固有文化人人有责的信条，居然也没买过"追风透骨丸""铁牛运功散""七厘行血散"，自己也很为自己的厚颜不安。不过我倒建议在这"药物超级市场"的电视广告中，可否加上一种药——专令人生点什么病的药——一来我生了病，自可理直气壮地走进药店，付我应该付的"娱乐费"；二来我也可以稍稍提高自己的社会地位，免得别人谈病的时候，我总是有着被摒弃的自卑。

我第三件不如人的事是生活得太简单，以致失去了形形色色可资抱怨的资料。我也很想抱怨自己的记性坏，但因缺少几分富贵气，即使勉强凑热闹抱怨两句，未必使"贵人多忘"的逆定理即"多忘贵人"成立。我也很想抱怨台北的路不及纽约好找，但不成器的我一打开地图立刻就知道去龙山寺，去后港里，乃至于去深坑去倒吊子该坐什么车。我更羡慕的抱怨是抱怨台北的菜馆变不出花样来，抱怨真正优秀的厨子都出国做了宣慰使。说来不怕人耻笑，我即使吃一碗牛肉面、一碗担担面也觉得回味无穷。我甚至迷信中国厨子做的汉堡牛肉饼（看，好好一个用 Hamburger 的机会被我错过了！）也比洋人做得好吃些。对于那些高高兴兴地抱怨佣人难伺候、抱怨司机难请、抱怨女秘书不好找的人物，我其实是艳羡万分，假如我能再做一遍小学生，再有机会写一遍"我的志愿"，我一定不再想当总统或科学家了，我只愿能够做一个时时刻刻可以抱怨的人。大抱怨固然可以造成大显赫的感觉，小抱怨也颇能顾盼自雄，足以造成不肖如我者的嫉妒。说来真丢脸，我已经无行到连抱怨汽油贵的人都嫉妒的程度了。（因为我和我的朋友辈从来不买汽油，我的朋友们用汽油只止于打火机，我们也很想说几句话抱怨石油恐慌，但总壮不起胆来。）我嫉妒人家抱怨儿子不吃饭、不吃猪肝、不吃鸡腿——因为我的儿子从来不晓得儿子吃饭前还有"母亲应该恳切地哀求，并许以郊游、逛街、冰淇淋等"的"文明规则"。相较之下，很为犬子"援筷直吃"的缺乏教养的表现而羞愧，至于那些抱怨股票不好做，抱怨女儿不好好学钢琴，抱怨丈夫不回家吃饭，抱怨太太花钱如水，抱怨全台北没有一个好手艺的西装师傅，抱怨买不到真正的美国生芹菜，无一不令人闻之自卑而汗颜。

我恨自己缺乏抱怨的资料，不过好在我虽然身不能至，尚能心向往之。我深恐有人仍然恬不知耻地不懂得为自己不能抱怨而自卑而羞愤，乃谨撰文，但愿国中人士皆能父以勉子，兄以勉弟，以期他日能湔雪前耻发愤图强，共缔光明之前程。

谁敢

　　那句话，我是在别人的帽徽上读到的，一时找不出好的翻译，就照英文写出来，把图钉按在研究室的绒布板上，那句话是：

　　Who dares wins.（勉强翻，也许可以说："谁敢，就赢！"）

　　读别人帽徽上的话，好像有点奇怪，我却觉得很好，我喜欢读白纸黑字的书，但更喜欢写在其他素材上的话。像铸在洗濯大铜盘上的"苟日新、日日新、又日新"。像清风过处，翻起文天

祥的囚衣襟带上一行"孔曰成仁，孟曰取义……读圣贤书，所学

何事……"像古埃及的墓石上刻的"我的心，还没有安睡"。喜

欢它们，是因为那里面有呼之欲出的故事。而这帽徽上的字亦自

有其来历，它是英国二十二特种空勤部队（简称S.A.S）的"队标"

（如果不叫"队训"的话）。这个兵团很奇怪，专门负责不可能

达到的任务，一九八〇那年，他们在伦敦太子门营救被囚于伊朗

大使馆里的人质。不到十五分钟，便制伏了恐怖分子，救出十九

名人质，至今没有人看到这些英雄的面目，他们行动时一向戴着

面套，他们的名字也不公布，他们是既没有名字也没有面目的人，

世人只能知道他们所做的事情。

"Who dares wins."

这样的句子绣在帽徽上真是沸扬如法螺，响亮如号钹。而绣

有这样一句话的帽子里面，其实藏有一颗头颅，一颗随时准备放

弃的头颅。看来，那帽徽和那句话恐怕常是以鲜血为插图为附注

的吧！

我说这些干什么？

我要说的是任何行业里都可以有英雄。没有名字，没有面目，

但却是英雄。那几个字钉在研究室的绒布板上，好些年了，当时

用双钩钩出来的字迹早模糊了，但我偶然驻笔凝视之际，仍然气

血涌动，胸臆间鼓荡起五岳风雷。

医者是以众生的肉身为志业的，而"肉身"在故事里则每是几生几世修炼的因缘，是福慧之所凝聚，是悲智之所交集，一个人既以众生的肉身为务，多少也该是大英雄大豪杰吧？

我所以答应去四湖领队，无非是想和英雄同行啊！"谁敢，就赢！"医学院里的行者应该是勇敢的，无惧于课业上最大的难关，无惧于漫漫长途间的困顿颠踬，勇于在砾土上生根，敢于把自己豁向茫茫大荒。在英雄式微的时代，我渴望一见以长剑劈开榛莽，一骑遍走天下的人。四湖归来，我知道昔日山中的一小注流泉已壮为今日的波澜，但观潮的人总希望看到一波复一波的浪头，腾空扑下，在别人或见或不见之处，为岩岬开出雪白的花阵。但后面的浪头呢，会及时开拔到疆场上来吗？

谁敢，就赢。

敢于构思，敢于投身，敢于自期自许，并且敢于无闻。

敢于投掷生命的，如 S.A.S 会赢得一番漂亮的战果。敢于深植生命如一粒麦种的阳明人，会发芽蹿进，赢得更丰盈饱满的生命。有人敢吗？

林中杂想

一

我躺在树林子里看《水浒传》。

事情是这样开始的：暑假前，我答应学生"带队"，所谓带队，是指带"医疗服务队"到四湖乡去。起先倒还好，后来就渐渐不怎么好了。原来队上出了一位"学术气氛"极浓的副队长，他最先要我们读胡台丽的《媳妇入门》，这倒罢了，不料他接着又一口气指定我们读杨懋春的《乡村社会学》，吴湘相的《晏阳初传》，苏兆堂翻译的《小龙村》等等。这些书加起来怕有一尺高，这家伙也太烦人了，这样下去，我们医学院的同学都有成为人类学家和社会学家的危险。

奇怪的是口里虽嘟嘟囔囔地抱怨，心里却也动心，甚至下决心要去看一本早就想看的萨孟武的《水浒传与中国社会》。问题是要看这本书就该把《水浒传》从头再看一遍。当时就把这本厚厚的章回塞进行囊，一路同去四湖。

而此刻，我正躺在林子里看《水浒》，林子是一片木麻黄，有几分像好汉出没的黑松林，这里没有好汉，奇怪的是倒有一批各自说着乡音的退伍军人，（在这遍地说着海口腔的台西地带，哪来的老兵呢）正横七竖八地躺在石凳上纳凉，我睡的则是一张舒服的折床，是刚才一个妇人让给我的，她说："喂，我要回家吃饭了，小姐，你帮我睡好这张床。"

咦，世间竟有如此好事，我当即把内含巨款的皮包拿来当枕头，（所谓巨款，其实也只有五千元，我一向不爱多带钱，这一次例外，因为自觉是"领队老师"，说不定队上有"不时之需"）舒舒服服躺下，看我的《水浒》。当时我也刚吃过午饭，太阳正当头，但经密密的木麻黄一过滤，整个林子荫荫凉凉的，像一碗柠檬果冻。

我正看到二十八回，武松被刺配二千里外的孟州，路上其实他尽有机会逃跑，他却宁可把松下的枷重新戴上，把封皮贴上，一步步自投孟州而来。

二

一路看下去，不能不叫痛快，武松那人容易让人记得的是景阳岗打虎的那一段。现在自己人大了，回头看那一段，倒也不觉可贵，他当时打虎，其实也是非打不可，不打就被虎吃，所以就打了，此外看不出他有什么高贵动机，只能证明，他是天生的拳击好手罢了。倒是二十八回里做了囚徒的武松，处处透出洒脱的英雄骨气。

初到配军，照例须打一百杀威棒，武松既不去送人情，也不肯求饶，只大声大气说：

都不要你众人闹动。要打便打！我若是躲闪一棒的，不是打虎好汉！从先打过的都不算，重新再打起！我若叫一声，便不是阳谷县为事的好男子——两边看的人都笑道："这痴汉弄死！且看他如何熬！"——

武松不肯折了好汉的名，仍然嚷着：

要打便打毒些，不要人情棒儿，打我不快活！

不想事情有了转机，管营想替他开脱，故意说：

新到囚徒武松，你路上途中曾害甚病来？

武松不领情，反而犟嘴：

"我于路不曾害！酒也吃得，饭也吃得，肉也吃得，路也走得！"管营道："这厮是途中得病到这里，我看他面皮才好，且寄下他这顿杀威棒。"两边行仗的军汉低低对武松道："你快说病。这是相公将就你，你快只推曾害便了。"武松道："不曾害！不曾害！打了倒干净！我不要留这一顿'寄库棒'！寄下倒是钩肠债，几时得了！"两边看的人都笑。管营也笑道："想你这汉子多管害热病了，不曾得汗，故出狂言。不要听他，且把去禁在单身房里。"

及至关进牢房，其他囚徒看他未吃杀威棒，反替他担忧起来，告诉他此事绝非好意，想必是使诈，想置他于死，还活灵活现地形容"塞七窍"的死法叫"盆吊"，用黄沙压则叫作"大布袋"。不料武松听了，最有兴趣的居然是想知道除了此两法以外，还有没有第三种，他说：

还有什么法度害我？

当下，管营送来美食。

武松寻思道："敢是把这些点心与我吃了却来对付我？……我且落得吃了，却再理会！"武松把那镟酒来一饮而尽，把肉和面都吃尽了。

武松那一饮一食真是潇洒！人到把富贵等闲看，生死不萦怀之际，并且由于自信，相信命运也站在自己这一边时，才能有这种不在乎的境界，才能有这种高级的天地也奈何他不得的无赖。
吃完了，他冷笑一声：

看他怎地来对付我！

　　等正式晚饭送来，他虽怀疑是"最后的晚餐"，还是吃了。饭后又有人提热水来，他虽怀疑对方会趁他洗澡时下毒手，仍然不在乎，说：

　　我也不怕他！且得洗一洗。

　　这几段，真的越看越喜，高起兴来，便翻身拿笔画上要点，加上眉批，恨不得拍掌大笑，觉得自己也是黑松林里的好汉一条，大可天不怕地不怕地过它一辈子。

三

　　回想起前天随队来四湖的季医生跟我说的一段话，她说："你看看，这些小朋友，他们问我，目前群体医疗的政策虽不错，但是将来卫生署总要换人的呀，换了人，政策不同，怎么办？"

　　两人说着不禁摇头叹气，我们其实不怕卫生署的政策不政策，我们怕的是这才二十岁左右的年轻人，为什么先自把初生之犊的锐气给弄得没有了？

　　是因为一直是好孩子吗？是因为觉得一切东西都应该准备好，布置好，而且，欢迎的音乐已奏响，你才顺利地踏在夹道花香中起步吗？唐三藏之取经，岂不是"向万里无寸草处行脚"，盘古开天辟地之际，混沌一片，哪里有天地？天是由他的头颅顶高的，地是由他踏脚处来踩实踩平的。为什么这一代的年轻人，特别是年轻人中最优秀的那一批，却偏偏希望像古代的新媳妇，一路由别人抬花轿，抬到婆家。在婆家，有一个姓氏在等她，有一个丈夫在等她，有一碗饭供她吃——其实，天晓得，这种日子会好过吗？

武松算不得英雄、算不得豪杰，只不过一介草莽武夫，这一代的人却连这点草莽气象也没有了吗？什么时候我们才不会听到"饱学之士"的"无知之言"道："我没办法回国呀，我学的东西太尖端，国内没有我吃饭的地方呀！"

孙中山革命的时候，是因为有个"中华民国筹备处"成立好了，并且聘他当主任委员，他才束装回国赴任的吗？曹雪芹是因为"国家文艺基金会"委托他着手撰写一部"当代最伟大的小说"，才动笔写下《红楼梦》第一回的吗？

能不能不害怕，不担忧呢？甚至是过了许多年回头一望的时候，才猛然想起来大叫一声说："哎呀，老天，我当时怎么都不知道害怕呢？"

把孔子所不屑的"三思而行"的踌躇让给老年人吧！年轻不就是有莽撞往前去的勇气吗？年轻就是手里握着大把岁月的筹码，

那么，在命运的赌局里做乾坤一掷的时候，虽不一定赢，气势上总该能壮阔吧？

四

　　前些日子，不知谁在服务队住宿营地的门口播放一首歌，那歌因为是早晨和中午的代用起床号，所以每天都要听上几遍，其实那首歌唱得极有味道，沙嘎中自有其抗颜欲辩的率真，只是走来走去刷牙洗澡都要听他再三重复那无奈的郁愤，心里的感觉有点奇怪：

　　　告诉我，世界不会变得太快

　　　告诉我，明天不会变得更坏

　　　告诉我，人类还没有绝望

　　　告诉我，上帝也不会疯狂

　　　……

　　　这未来的未来，我等待……

　　听久了，心里竟有些愀然，为什么只等待别人来"告诉我"呢？一颗恭谨聆受的心并没有"错"，但，那么年轻的嗓音，那么强盛的肺活量，总可以做些什么可以比"等待别人告诉我"更多的事吧？少年振衣，岂不可作千里风幡看？少年瞬目，亦可壮作万古清流想。如此风华，如此岁月，为什么等在那里，为什么等人家来"告诉我"呢？

为什么不是我去"告诉人"呢！去啊！去昭告天下，悬崖上的红心（或作红星）杜鹃不会等人告诉它春天来了，才着手筹备开花，它自己开了花，并且用花的旗语告诉远山近岭，春天已经来了。明灿逼人的木星，何尝接受过谁的手谕才长倾其万斛光华？小小一只绿绣眼，也不用谁来告诉它清晨的美学，它把翠羽的身子在枝头浓缩为一撇"美的据点"。万物之中，无论尊卑，不都各有其美丽的讯息要告诉别人吗？

有一首英文的长歌，名字叫"to Tell the Untold"，那名字我一看就入迷，是啊，"去告诉那些不曾被告知的人"。真的，仲尼仆仆风尘，在陌生的渡口，向不友善的路人问津，为的是什么？为的岂不是去告诉那些不曾被告知的人吗？达摩一苇渡江，也无非本着和圣人同样的一点初衷。而你我十几年乃至几十年孜孜于知识的殿堂，为的又是什么？难道不是要得到更真切的道和理，以便去告诉后人吗？我们认真，其实也只为了让自己告诉别人的话更诚恳、更扎实而足以掷地有声（无根的人即使在说真话的时候也类似谎言——因为单薄不实在）。

那唱歌的人"等待别人来告诉我"并不是错误，但能"去告诉别人"岂不更好？去告诉世人，我们的眼波未枯，我们的心仍在奔驰；去告诉世人，有我在，就不准尊严被抹杀，生命被冷落，告诉他们，这世界仍是一个允许梦想、允许希望的地方；告诉他们，这是一个可以栽下树苗也可以期待清荫的土地。

五

回家吃饭的妇人回来了，我把床还她，学生还在不远处的海清宫睡午觉，我站起身来去四面乱逛。想想这世界真好，海边苦热的地方居然有一片木麻黄，木麻黄林下刚好有一张床等我去躺，躺上去居然有几百年前的施耐庵来为我讲故事，故事里的好汉又如此痛快可喜。想来一个人只要往前走，大概总会碰到一连串好事的，至于倒霉的事呢？那也总该碰上一些才公平吧？可是事是死的，人是活的，就算碰到倒霉事，总奈何我不得呀！

想想年轻是多么好，因为一切可以发生，也可以消弭，因为可以行可以止可以歌可以哭，那么还有什么可担心的呢？

真的，还有什么可担心的呢？

遇见

一个久晦后的五月清晨，四岁的小女儿忽然尖叫起来。

"妈妈！妈妈！快点来呀！"

我从床上跳起，直奔她的卧室，她已坐起身来，一语不发地望着我，脸上浮起一层神秘诡异的笑容。

"什么事？"

她不说话。

"到底是什么事？"

她用一只肥匀的有着小肉窝的小手，指着窗外。而窗外什么也没有，除了另一座公寓的灰壁。

"到底什么事？"

她仍然秘而不宣地微笑，然后悄悄地透露一个字："天！"

我顺着她的手望过去，果真看到那片蓝过千古而仍然年轻的蓝天，一尘不染令人惊呼的蓝天，一个小女孩在生字本上早已认识却在此刻仍然不觉吓了一跳的蓝天，我也一时愣住了。

于是，我安静地坐在她的旁边，两个人一起看那神迹似的晴空，她平常是一个聒噪的小女孩，那天竟也像被震慑住了似的，流露出虔诚的沉默。透过惊讶和几乎不能置信的喜悦，她遇见了天空。她的眸光自小窗口出发，响亮的天蓝从那一端出发，在那个美丽的五月清晨，它们彼此相遇了。那一刻真是神圣，我握着她的小手，感觉到她不再只是从笔画结构上去认识"天"，她正在惊讶赞叹中体认了那分宽阔、那分坦荡、那分深邃——她面对面地遇见了蓝天，她长大了。

那是一个夏天的长得不能再长的下午，在印第安纳州的一个湖边，我起先是不经意地坐着看书，忽然发现湖边有几棵树正在飘散一些白色的纤维，大团大团的，像棉花似的，有些飘到草地上，有些飘入湖水里，我当时没有十分注意，只当偶然风起所带来的。

可是，渐渐地，我发现情况简直令人暗惊，好几个小时过去了，那些树仍旧浑然不觉地，在飘送那些小型的云朵，倒好像是一座无限的云库似的。整个下午，整个晚上，漫天漫地都是那种东西，第二天情形完全一样，我感到诧异和震撼。

其实，小学的时候就知道有一类种子是靠风力靠纤维播送的，但也只是知道一条测验题的答案而已。那几天真的看到了，满心所感到的是一种折服，一种无以名之的敬畏，我几乎是第一次遇见生命——虽然是植物的。

我感到那云状的种子在我心底强烈地碰撞上什么东西，我不能不被生命豪华的、奢侈的，不计成本的投资所感动。也许在不分昼夜的飘散之余，只有一颗种子足以成树，但造物者乐于做这样惊心动魄的壮举。

我至今仍然在沉思之际想起那一片柔媚的湖水，不知湖畔那群种子中有哪一颗种子成了小树？至少，我知道有一颗已经成长，那颗种子曾遇见了一片土地，在一个过客的心之峡谷里，蔚然成阴，教会她，怎样敬畏生命。

我的幽光实验

　　闰三月，令人犹豫。恋旧的人叫它暮春，务实的人叫它初夏——我却趑趑趄趄，认为是春夏之交。

　　这一天，下午五点，我回到家。时令姑且算它是春夏之交，五点钟，薄暮毕竟仍悄悄掩至了。这一天，丈夫和女儿刚好都有事不回家吃晚饭。我开了门，一个人站在门前，啊！我等这一天好久了，趁他们不在，我打算来做我的"幽光实验"。

想做这个实验想了好一阵子，说起来，也不过发自一点小小的悲愿，事情是这样的：我反核，可是，我却用电。我反对我们的核能废料运到雅美人的碧波家园去掩埋，然而，我却每个月出钱给电力公司以间接支持他们的罪行，我为自己的伪善而负疚。不得已，只好以少用电来消孽。因此，在生活里，我慎重地拒绝了冷气。执教于公立学院，学校的预算比捉襟见肘的私立大学是阔多了，连工友室也装冷气，全校不装冷气的大概只剩我一个了。每次别人惊讶问起的时候，我一概以"我不怕热"挡过去。后来，某次聊天，发现林正杰也不用冷气，不禁叹为知己。台北市的盛夏，用自己一身汗水去抗拒苦热，几乎接近悲壮。这其间，也无非想换个心安。"又反核四厂，又装冷气机"，对我而言，简直是基本上的文法不通，根本是说不出口的一句话。

除了冷气机不用之外，还能不能找个法子省更多的电呢？我问自己。

有的，我想，如果每一天晚一点才开灯的话。

听母亲说，外婆和曾外婆，她们虽然家境富裕，却都是在黄昏时摸黑做针线的。"她们的眼睛真好哩！摸黑缝出来的也是一手好针线呢！她们摸黑还能穿针，一穿就进。"

我遥想那属于她们的年代，觉得一针一线都如此历历分明。

人类过其晨兴夜寐的岁月总也上万年了，电灯却是近百年来才有的事。油灯、蜡烛在当年恐怕都是能省则省的奢侈品。既然从太古到百年前，人类都可以生活得好好的，可见"电力"是个"没有也罢"的东西。

上帝造人，本是一件简单的生物：早晨起床，工作，晚上睡觉，睡觉前的时间可以摸黑做一些半要紧半不要紧的事，例如洗澡、看书、讲故事、作诗。

反正上帝他老人家该负全责的，白昼是他安排的，黑夜是他规划的。那么，在昼夜之间的夕暮，也该归他管才对。根据这样的逻辑演绎下来，人类的眼睛当然理该可以适应这时刻的光线。

但不知从什么时候开始，人类变得像一个神经质的小孩，不能忍受一点点幽暗。一个都市人，如果清晨五点醒来，连想都不用想，他的第一个本能大概就是急急按下电灯开关，让屋子大放光明。他已经完全不能了解，一个人其实也可以静静地坐在黎明前的幽光里体会时间进行的感觉。那时刻，仿佛宇宙间有一把巨大的天平，我在天平此端，幽光，在彼端。我与幽光对坐，并且感知那种神秘无边的力量。方其时，人，仿佛置身密林，仿佛沉浮于深泽大沼，仿佛穴居野处的上古，仿佛胎儿犹在母体，又仿佛易经乾卦里的那只"潜龙"正沉潜某处，尚未用世。方其时，"天地玄黄，宇宙洪荒"，——这是《千字文》的句子，古代小孩启蒙时要念的第一篇，是幼童蒙昧的声音在念宇宙蒙昧期的画面——一切还停顿在圣经创世纪的首章首句：

"未始之始，未初之初……地则空虚浑沌，渊面黑暗……"

坐在这样黎明前的幽光里，何须什么飞利浦牌或旭光牌的电灯来打扰。此时此刻，那曾经身处幽潜的地球和曾经结胎于幽潜子宫中的我，一起回到暖暖幽光中，一起重温我们的上古史。当此之际，我与大化之间，心会神通，了无窒碍。此刻，灯光，除了是罪恶，还会是什么呢？

黄昏，是另一段幽光时分。现代人对付黄昏的好办法无他，也是立刻开灯。不错，立刻开灯的结果是立刻光明，但我们也立刻失去自己和天象之间安详徐舒的调适关系。

现代的人类如此骄纵自己，夏天不容自己受热，冬天不容自己受冷，黄昏后又不容自己稍稍受一点黑。

然而，此刻是下午五时，我要来做个实验。今晚，我来试试不开灯，让我来验证"黄昏美学"，让我体会一下祖母时代的生活步调，我就不信那样的日子是不能。

记得十多年前，有一次为了报道兰屿的兰恩幼稚园，带着个摄影家去那里住过一阵子。简单的岛，简单的海，简单的日出日落。没有电，日子照过。黎明四五点，昊昊天光就来喊你，嗓音亮烈，由不得你不起床。黑夜，全岛漆黑，唯星星如凿在天壁上的小孔，透下神界的光芒。

在岛上，黄昏没有人掌灯。

及夜，幼稚园里有一盏气灯，远近的孩子把这里当阅览室，在灯下做功课。

而此刻，在台北，我打算做一次小小的叛逆，告别一下电灯文明。

天不算太黑，也许我该去煮饭，但此刻拿来煮饭太可惜，走廊上光线还亮，先看点书吧。小字看来伤眼，找本线装的来看好了。那些字个个长得大手大脚的，像庄稼汉，很老实可信赖的样子。而且，我也跟他们熟了，一望便知，不需细辨。在北廊，当着一棵栗子树，两钵鸟巢蕨和五篮翠玲珑，我读起陶诗来——"……斯晨斯夕，言息其庐，花药分列，林竹翳如。清琴横床，浊酒半壶，黄唐莫逮，慨独在予。"

哇！不得了，人大概不可有预设立场，一有立场，读什么都好像来呼应我一般。原来这陶渊明也注意到"林竹翳如"之美了，要是碰到今人拍外景，就算拍竹林，大概也要打上强光，才肯开镜吧?

没读几首诗,天色更"翳如"了,不开灯,才能细细感觉出天体运行的韵律,才能揣摩所谓"寸阴"是怎么分分寸寸在挪移在推演的。

一日的时光其实是一段完美具足的生命,每一刹那都自有其美丽。然而,强灯夺走了暮色,那沉潜安静的时分,那鸟归巢兽返穴的庄严行列,在今天这个时代,全都遭人注销,化为明灿的森严的厉光。

只因我们不肯看暮色吗?

天更暗,书已看不下去,便去为植物浇水。

我因刚读了几行诗,便对走廊上的众绿族说:"唉,你们也请喝点水,我们各取所需吧!"

接下来,我去煮饺子。厨房靠南侧,光线很好,六点了,不开灯还不成问题,何况有瓦斯炉的蓝焰。饺子煮好,浇好作料,仍然端到前面北廊去吃。天愈来愈暗,但吃起饺子来也没什么不便。反正一个个夹起塞进嘴巴,也不需仔细的视觉。我想从前古人狩猎归来,守着一堆火,把兔肉烤好,当时洞穴里不管多黑,单凭嗅觉,任何人也能把兔子腿正确地放进嘴里去的。今人食牛排仍喜欢守着烛光,想来也是借一点怀古的心情。

饺子吃罢，又剥了一个葡萄柚来吃，很好，一点困难也没有。我想，人类跟食物的关系是太密切了，密切到不需借助什么视觉了。

饭后原可去放点录音带来听，但开录音机又要用电，我想想，不如自己来弹钢琴，反正家里没人，而我对自己一向又采高度容忍政策。

钢琴弹得不好，但不需看谱，暮霭虽沉沉，白键却井然，如南方夏夜的一树玉兰，一瓣瓣馥白都是待启的梦。

琴虽弹得烂，但键音本身至少是玲琤可听的。

起来，在客厅里做两下运动，没有师承，没有章法，自己胡乱伸伸腿，扭扭腰，黑暗中对自身和自身的律动反觉踏实真切，于是对物也觉有亲了。楼下传来花香，我知道是那株二人高的万年青开了花。花不好看，但香起来一条巷子都为之惊动，只有热带植物才会香得如此离谱。嗅觉自有另一个世界，跟眼睛的世界完全不同，此刻我真愿自己是一只小虫，凭着无误的嗅觉，投奔那香味华丽的夜之花。

我的手臂划过夜色，如同泅者，泅过黑水沟，那深暗的洋流。我弯下腰去，用手指触摸脚尖，宇宙漠然，天地无情，唯我的脚趾尖感知手指尖的一触。不需华灯，不需明目，我感受到全人类的智慧也不能代替我去感知的简单触觉。

闻着楼下的花，我忽然想起自己手种的那几丛茉莉花来，于是爬上顶楼，昏暗中闻两下也就可以"闻香辨位"了，何况白色十分奇特，几乎带点荧光。暗夜中，仿佛有把尖锐的小旋刀，一旋便凿出一个白色的小坑。那凿坑的位置便是小白花从黑夜收回的失土，那小坑竟终能保持它自己的白。

原来每朵小白花都是白昼的遗民，坚持着前朝的颜色。

我把那些小花摘来放在我的案头，它们就一径香在那里。

我原以为天色会愈来愈暗，岂料不然。楼下即有路灯，我无须凿壁而清光自来。但行路却须稍稍当心，如果做"幽光实验"，弄得磕磕碰碰的，岂不功亏一篑？好在是自己的家，什么地方有什么东西，大致心里是知道的。

决定去洗澡，在幽暗中洗澡自可不关窗，不闭户，凉风穿牖，莲蓬头里涌出细密的水丝。普通话叫"莲蓬头"，粤语叫"花洒"，两个词眼都用得好。在香港冲凉，（大概由于地处热带，广东人只会说"冲凉"，他们甚至可以说出"你去放热水好让我冲凉"的怪话来）我会自觉是一株给"花洒"浇透了的花。在台湾沐浴，我觉得自己是瑶池仙童，手握一柄神奇的"莲蓬"。

不知别人觉得人生最舒爽的刹那是什么时候，对我而言，是浴罢。沐浴近乎宗教，令人感觉尊重而自在。孔子请弟子各言其志，那叫点的学生竟说出"浴乎沂，风乎舞雩"的句子。耶稣受洗约旦河，待他自河中走上河岸，天地为之动容。经典上记录那一刹那谓"当时圣灵降其身，恍若鸽子"。回教徒对沐浴，更视为无上圣事。印度教徒就更不必提了。

而我只是凡世一女子，浴罢静坐室中，虽非宗教教主，亦自雍容。把近日偶尔看到想起之事，一一重咀再嚼一遍。譬如说，因为答应编译馆要为他们编高中的诗选，选了一首王国维的《浣溪沙》，把那三句"试上高峰窥皓月，偶开天眼觑红尘，可怜身是眼中人"细细揣想，不禁要流泪。想大观园里的黛玉，因一句"如花美眷，似水流年"便痛彻心扉。人世间事大抵如此；人和人可以同处一室而水火不容，却又偶尔能与千年百年前的人相契于心，甚至将那人深贮在内心的泪泉从自己的目眶中流了出来。

黑暗中，我枯坐，静静地想着那谜一般的王国维，他为什么要投昆明湖呢？今年二月，我去昆明湖，湖极大，结了冰，仿佛冰原。有人推着小雪橇载人在冰上跑。冰上尖风如刀，我望着厚实的大湖，一径想："他为什么要去死呢？他为什么要去死呢？人要有多大的勇气才会去死呢？"

恍惚之间，也仿闻王国维讷讷自语："他们为什么要活着呢？他们得要有多大的耐心才能活下去呢？——在这庸俗崩解的时代。"

而思索是不需灯光的，我在幽光中坐着，像古代女子梳她们及地的乌丝，我梳理我内心的喜悦和恻痛。

我去泡茶，两边瓦斯口如同万年前的两堆篝火，一边供我烤焙茶叶，一边烧水。水开了，茶叶也焙香了。泡茶这事做起来稍微困难一点，因为要冲水入壶。好在我的茶壶不算太小，腹部的直径有十五公分，我惯于用七分乌龙加三分水仙，连泡五泡，把茶汤集中到另外一只壶里，拿到客厅慢慢啜饮。

我喝的茶大多便宜，但身为茶叶该有的清香还是有的，喝茶令人顿觉幸福，觉得上接五千年来的品位，（穿丝的时候也是，丝织品触擦皮肤的时候令人意会到一种受骄纵的感觉，似乎嫘祖仍站在桑树下，用慈爱鼓励的眼神要我们把丝衣穿上）茶怎能如此好喝？它怎能在柔粹中亮烈，且能在枯寂处甘润，它像撒豆成兵的魔法，在五分钟之内便可令一山茶树复活，茶香洌处，依然云缭雾绕，触目生翠。

有人喝茶时会闭目凝神，以便从茶叶的色相中逃离，好专心一意品尝那一点远馨。今晚，我因独坐幽冥，不用闭目而心神自然凝注，茶香也就如久经禁锢的精灵，忽然在魔法乍解之际，纷纷逸出。

电话铃响了，我去接。

曾有一位日本妇人告诉我，在日本，形容女人间闲话家常为"在井旁，边洗衣服边谈的话"，我觉得那句话讲得真好。

我和我的女伴没有井，我们在电话线上相逢，电话就算我们的井栏吧。她常用一只手为儿子摩背，另一只手拿着电话和我聊到深夜。

我坐在十五年前买的一把"本土藤椅"里，椅子有个名字叫"虎耳椅"，有着非常舒服的弧度，可惜这椅子现在已经买不到了。

适应黑暗以后，眼睛可以看到榉木地板上闪着柔和的反光。我和我的女伴有一搭没一搭地聊着，我为什么要开灯呢？完全没有这个必要啊！摸黑说话别有一种祥谧的安全感。祈祷者每每喜欢闭目，接吻的人亦然，不用灯不用光的世界自有它无可代替的深沉和绝美。我想聊天最好的境界应该是：星空下，两个垂钓的人彼此坐得不远不近，想起来，就说一句，不说的时候，其实也在说，而横亘在他们之间的，是温柔无边的黑暗。

丈夫忽然开门归来："哎呀！你怎么不开灯？"

"啪"的一声，他开了灯，时间是九点半。我自觉像一尾鱼，在山岩洞穴的无光处生存了四个半小时（据说那种鱼为了调适自己配合环境，全身近乎透明）。我很快乐，我的"幽光实验"进行顺利，黑暗原来是如此柔和润泽且丰沛磅礴的。我想我该把整个生活的调子再想一想，再调一调。也许，我虽然多年身陷都市的战壕，却仍能找回归路的。

后记：整个"幽光实验"其实都进行顺利，只是第二天清晨上阳台，一看，发现茉莉花还是漏摘了三朵，那三朵躲在叶子背后，算是我输给夜色的三枚棋子。

我知道你是谁

一

在这八月的烈阳下，在这语音聱牙的海口腔地区，我们开着车一路往前走，路上偶然停车，就有人过来点头鞠躬，我站在你身旁，狐假虎威似的，也受了不少礼。

——这时候，我知道你是谁，你的名字叫做"医生"。

到了这种乡下地方，我真是如鱼得水，原因说来也简单可笑，只因我爱瓮。而这里，有取之不尽的破瓦烂罐。老一辈用的咸菜瓮，如今弃置在墙角路旁，细细的口，巨大的腹——像肚子里含蕴了千古神话的老奶奶，随时可以为你把英雄美人、成王败寇的故事娓娓说上一箩筐。

而这样的瓮偶然从蔓草丛里冒出头来，有时蹲在一只老花猫的爪下，有时又被牵牛花的紫毯盖住，沉沉睡去。

"老师，你看上了什么瓮，就告诉我，这里的人我都认识，瓮这种东西，反正他们也不太用了，只要我开口，他们大概总是肯卖肯送的。"

然而这也不是什么"伯乐过处，万马空群"的事业，所谓爱瓮，也不过乞得一两只回家把玩把玩，隐隐然觉得自己拥有一些像"宇宙黑洞"般的神秘空间罢了。

捡了两个瓮，你忽然说："我得去一位老阿婆家，我估计她这两天差不多了，我得去给她签死亡证明。"

我们走进三合院，是黄昏了，夕阳凄艳，小孩子满院乱跑，红面番鸭走前巡后，一盆纸钱熊熊烧着，老阿婆已过世了。

全家人在等你，等你去签名，等你去宣告，宣告一个生命庄严的落幕。我站在旁边，看安静的中堂里，那些谦卑认命的眼睛。（真的，跟死亡，你有什么可争的呢？）也许是缘分吧？我怎会千里迢迢跑到这四湖乡来参与一个老妇人的终极仪式呢？斜阳依依，照着庭院中新开的"煮饭花"，（可叹那煮饭一世的妇人，此刻再也不能起身去煮饭了）我和这些陌生人一起俯首为生命本身的"成""坏"过程而悲伤。

——那时候，我知道你是谁，你这曾经与我一同分享过大一文学课程的孩子，如今，你的名字叫"医生"。

二

借住在蔡家，那家人，我极喜欢，虽然有点受不了海口腔的台语。

喜欢那只牛，喜欢那夜晚多得不可胜数的星星，喜欢一家人脸上纯中国式的淡淡木木的表情。（是当今世上如此稀有的表情啊！）

你说，这一带的农人，他们使用农药，农药令整个台湾受害，但他们自己也是受害人。在撒毒的时候，他们自己也慢性中毒，许多人得了肝病。蔡老先生的肝病其实也不轻了。送我回蔡家，顺便也给蔡老先生看看病。

"自从用药以后，"你暗暗对我说，"出血止住，大便就比较漂亮了。"

对一生追求文学之美的我来说，你的话令我张口错愕，不知如何回答。在这个世界上，像"漂亮"这样的形容词和"大便"这样的主词是无论如何也接不上头的啊！

然而我知道，你说这话是诚心诚意的，这其间自有某种美学。

我对这种美学肃然起敬。

只因我知道持这种美学的人是谁，那是你——医生。

三

人山人海，医院门口老是这样，我和季坐在诊疗室一隅，等你看完最后的病人。

走进诊疗室的是一个小男孩和他的母亲，母亲很紧张，认为小孩可能有疝气。小孩大概才六七岁吧！

你故意和小孩东聊西扯，想缓和一下气氛，而那母亲，那乡下地方的女人，对聊天倒很能进入情况，可以立刻把什么人的什么事娓娓道来，小孩的恐惧也渐渐有点化解的样子。

由于孩子长得矮，你叫他站在诊疗床上。

"脱下裤子来让我看看！"大概你认为时机成熟了。

没想到小男孩比电检处更讲究"三点不露"的原则，他一手护住裤腰，一手用力推了你一把，嘴里大叫一声：

"你三八啦！"

我和季忍俊不禁，大笑起来。

我想起小时候看的一幅漫画，一个小男孩用他暗藏的水枪射了医生一头一脸，然后，他理直气壮地向尴尬的母亲解释道：

"是他，他先用槌子敲我膝盖，我才射他的！"

原来小病人有那么难缠。我想，这种事也只是很小很小的Case罢了，麻烦的事，一定还多着呢！

但我相信你能对付的，因为，我知道你是谁，你的名字叫"医生"。

四

"有时候，我充满无力感。"

下午的诊所里，你的侧影有些忧伤。

"我忽然发现医疗能做的很少，环境才是最重要的，如果水不好了，食物不对了，医疗又能补救什么呢？"

你碰到我此生最痛最痛的问题了，我不敢和你谈下去。全世界的环境都坏了，台湾也坏了。幼小时节那些清澈见底的小河，河里随便一捞就是一把的小鱼小虾哪里去了？那些树、那些鸟、那些蝉、那些萤火虫，都到哪里去了？

250

你不能
要求简单
的答案

我知道你的忧伤，你的痛。正如在百年前习医的孙中山和鲁迅心中，也各有其痛。我认识你，你的忧世的面容。你，一个"医生"。

五

"病人一直拉肚子，一直拉，但是却找不出原因来，"你说，"经过会诊，还是找不出原因来，最后，就送到精神科来。"

那是一场小型的有关精神病学的演讲，但不知为什么，听着听着，令人眼中涨满泪意。

"我慢慢和他谈话，发现他是个只身在台的老兵，想回老家，可是那时候还没解严，不准回去。他原来是该痛哭流涕的，可是这又是个不让男人可以哭的社会，他的身体于是就选择了腹泻来抗议……"

这是精神医学吗？我竟觉得自己在听一首诗的精心的笺注，一首属于这世纪的悲伤史诗的笺注。

那个病人，就如此一直流耗着，一直消减着。我想起这事，就要落泪，为病人，也为那窥及灵魂幽秘处的精神医学……

是的，我知道你是谁，你这因了解太多而悸动不已的人，你，医生。

六

因为要参加一个校际朗诵比赛，你们便选了诗，进行练习。我是指导老师，在台下一遍遍地听，一遍遍地修正。

其中有一句独诵是你的，但每次你用极低沉哀缓的声音念"当——我——年——老——"同学就吃吃地笑出声来。并不是你念得不好，而是一颗年轻的心实在不知道什么叫"年老"。把"年老"两字交给十八岁的人去念一念，对他们已足以构成一个荒谬古怪的笑话，除了好笑还是好笑，此外再无其他。

但是，事情渐渐居然变得不再好笑了。那句话像什么奇怪的咒语，渐渐逼到眼前来了。老韩院长匆匆去了，一位姓周的职员也去了——我一直记得他絮絮叨叨地跟我说：你知道吗？你知道吗？开始有阳明的时候，那些办公桌是怎么运来的，全是我用我这个背一张张背上来的呀。——然而，他们走了。

曾有一个同学，极长于模仿老韩院长的声音，凡遇什么有趣的场合，总要抓他表演一番。他则老喜欢学那一段老韩院长最爱自卖自夸赞赏阳明人的话：

"We are Second to none."

当年他学的时候，大家都开心、都笑，都有大人物遭丑化的无伤大雅的喜悦。而现在，我多想再听一遍那仿制的声音，也许听了以后会哭，但毕竟是久违的故人的声音。就算是仿制的。

"当——我——年——老——"

原来那样的诗不仅是供作朗诵比赛用的句子，它真的蹦到我们的生活里来了。

不，不仅是"当我年老"，还可以是："当我死去——"

我看着你，你正盛年，但那咒语是谁都逃不过的。于是，我看见你们茂美的青发渐渐凋萎稀少，眼角的鱼纹趑趄游来……

"当我年老——"

当我年老，我知道你们的精神生命里曾有一滴半滴属于我的血，我为此，合十感谢。

当你年老，我知道属于你的一生已经全额付出。

两千年前的英雄恺撒可以这样扬声呼喊：

　　我来了，

　　我看见了，

　　我征服了。

你我却可以轻轻地说：

我来了，

我看见了，

我给予了。

而在你漫长一生的给予之后，我会躲在某个遥远的云端鼓掌、喝彩，说："啊，我知道你是谁，你是医生。"

后记：这里所写的人都是跟阳明有关的师生，但不指一个人。

幸亏

似乎常听人抱怨菜贵，我却从来不然，甚至听到怨词的时候心里还会暗暗骂一句："贵什么贵，算你好命，幸亏没遇上我当农人，要是我当农人啊，嘿嘿，你们早都买不起菜了！"

这样想的时候，心里也曾稍稍不安，觉得自己是坏人，是"奸农"。但一会儿又理直气壮起来，把一本账从头算起。

譬如说米，如果是我种的，那是打死也舍不得卖得比珍珠贱价的。古人说"米珠薪桂"，形容物价高，我却觉得这价钱合理极了，试想一粒谷子是由种子而秧苗而成稻复成粒的几世正果，那里面有几千年相传的农业智慧，以及阳光、沃土，和风细雨的好意。观其背后则除了农人的汗泽以外也该包括军人的守土有功，使农事能一年复一年地平平安安地进行。还有运输业，使浊水溪畔的水稻能来到我的碗里，说一颗米抵得一颗明珠也没有什么可惭愧的吧？何况稻谷熟时一片金黄，当真是包金镶玉，粒粒有威仪，如果讨个黄金或白玉的价格也不为过吧！

所以说，幸亏我不种田，我种的田收的谷非卖这价码不可！西南水族有则传说便是写这求稻种的故事，一路叙来竟是惊天动地的大业了。想来人世间万花万草如果遭天劫只准留下一本，恐怕该留的也只是麦子或稻子吧！因此，我每去买米，总觉自己占了便宜。童话世界里每有聪明人巧计骗得小仙小妖的金银珠宝，满载而归，成了巨富。我不施一计却天天占人大便宜，以贱价吃了几十年尊同金玉的米麦，虽不成巨富，却使此身有了供养，也该算是赚饱了。故事里菩萨才有资格被供养呢，我竟也大剌剌地坐吃十方，对占到的便宜怎能不高兴偷笑。

逢到风季，青菜价便会大涨，还有一次过年，荠菜竟要二百元一斤。菜贵时，报上、电视上、公车上一片怨声，不知为什么，我自己硬是骂不出口，心里还是那句老话：嘿嘿，幸亏我非老圃，否则番茄怎可不与玛瑙等价，小白菜也不必自卑而低于翡翠，茄子难道不比紫水晶漂亮吗？鲜嫩的甜玉米视同镶嵌整齐的珍珠也是可以的，新鲜的佛手瓜浅碧透明，佛教徒拿来供奉神明的，像琥珀一样美丽，该出多少价钱，你说吧——对这种荐给神明吃都不惭愧的果实！

把豇豆叫"翠蜿蜒"好不好？豌豆仁才是真正的美人"绿珠"，值得用一斛明珠来衡其身价，芥菜差不多是青菜世界里的神木，巍巍然一大堆，那样厚实的肌理，应该怎么估值呢？

胡萝卜如果是我种的，收成的那天，非开它一次"美展"不可，多浪漫多古典且又多写实的作品啊！鲜红翠绿的灯笼椒如果是我家采来的，不出一千块钱休想拿走，一个人如果看这样漂亮的灯笼椒也不感动于天恩人惠的话，恐怕也只好长夜凄凄，什么其他的灯笼也引渡他不得了。

蹋棵菜是呈辐射状的祖母绿，牛蒡不妨看作长大长直的人参，山药像泥土中挖出的奇形怪状的岩石，却居然可吃。红菱角更好，是水族，由女孩子划着古典的小船去摘来的，那份独特的牛角形包装该算多少钱才公平？

南瓜这种东西去开美展都不够，应该为它举行一次魔术表演的，如何一颗小小的种子铺衍成梦，复又花开蒂落结成往往一个人竟搬不动的大瓜。南瓜是和西方灰姑娘童话并生的，中国神话里则有葫芦，一个人如果有权利把童话和神话装在菜篮里拎着走，付多少钱都不算过分吧？

释迦趺坐在莲花座上，但我们是凡人，我们坐在餐桌前享受莲的其他部分；我们吃藕吃莲子，或者喝荷叶粥，细嚼荷叶粉蒸肉，相较之下，不也是一份凡俗的权利吗？故事里的湘妃哭竹，韩湘子吹一管竹笛，我们却只管放心地吃竹笋，吃竹叶包的粽子。记得有一次请海外朋友吃饭，向他解释一道"冰糖米藕"的甜点说："这是用一种可以酿酒的米（糯米），塞在莲花根（藕）里做的，里面的糖呢，是一种长得像冰山一样的糖。"海外朋友依他们的习惯发出大声的惊叹，我居之不疑，因为那一番解释简直把我自己都惊动了。

这样看来，一截藕（记得，它的花是连菩萨也坐得的）应卖什么价呢？一斤笋（别忘了，它的茎如果凿上洞，变成笛子，是神仙也吹得的）该挂牌多少才公平呢？

所以说，还好，幸亏我不务农，否则，任何人走出菜场恐怕早已倾家荡产了。

二

世人应该庆幸，幸亏我不是上帝。

我是小心眼的人间女子，动不动就和人计较。我买东西要盘算，跟学生打分数要计到小数点以后再四舍五入，发现小孩不乖也不免要为打三下打二下而斟酌的，丈夫如果忘了该纪念的日子当然也要半天不理他以示薄惩。

如果让这样的人膺任上帝，后果大概是很可虑的。

春天里，满山繁樱，却有人视而无睹，只顾打开一只汽水罐，我如果是上帝，准会大吼一声说：

"这样的人，也配有眼睛吗？"

这一来，十万个花季游客立时会瞎掉五万以上，第二天，盲校的校长不免为突然剧增的盲生急得不知如何是好。

所以说，幸亏我不是上帝。

闲来无事，我站在云头一望，有那么多五颜六色的工厂污水——流向浅碧的溪流，我传下旨意：

"这样糟蹋大地，让别人活不成的，我也要让他活不成。"

第二天，天使检点人数，一个小小的岛上居然死了好几万个跟"污水罪"有关的人。

有人电鱼，有人毒鱼，这种人，留他在世上做什么？……

其他在松林中不闻天籁的，留耳何为？抱着婴儿也不闻其乳香的，留鼻何用？从来没有帮助过人的双手双脚废了也并不可惜，从来没有为阳光和空气心生感激的人，我就停止他们五分钟"空气权"让他知道厉害。

所以说，还好，幸亏我不是上帝。

世间更有人不自珍惜，或烟酒相残，或服食迷幻药，或苟且自误，或郁郁无所事事，这样的人，留智慧何用？不如一律还原成白痴，如此一来不知世间还能剩几人有头脑？

我上任上帝后，不消半年，停阳光者有之，停水、停空气者有之，而且有人缺手，有人断足，整个世界都被罚得残缺了。而人性丑陋依旧，愚鲁依旧。

让河流流经好人和坏人的门庭，这是上帝。让阳光爱抚好人和坏人的肩膀，这是上帝。不管是好人坏人，地心吸力同样将他们仁慈地留在大地上，这才是上帝的风格，并且不管世人多么迟钝蒙昧，春花秋月和朝霞夕彩会永远不知疲倦地挥霍下去，这才是上帝。

是由于那种包容和等待，那种无所不在的覆罩和承载，以及仁慈到溺爱程度的疼惜，我才安然拥有我能此刻所拥有的一切。

所有的人都该庆幸——幸亏自己不是上帝。

人体中的繁星和穹苍

　　一个人是怎样变成自然科学家的？我认为是由于惊奇。

　　另一个人是怎样变成诗人的？我认为，也是由于惊奇。

　　至于那些成为音乐家，成为画家，乃至成为探险家的，都源于对万事万物的一点欣喜错愕，因而有不能自已地想去亲炙探究的冲动。

　　如果一定要说有什么差别的话，那就是科学家总是惊奇之余想去揣一揣真相，文学艺术家却在惊奇之际只顾赞美叹气手舞足蹈起来——但是，其实，没有人禁止科学家一面研究一面赞叹，也没有人限制文学艺术家一面赞叹一面研究。

万物本身的可惊可奇是可爱的，而我，在生活的层层磨难之余仍能感知万物的可惊可奇，也是可喜的——如今，在这方专栏里能将种种可惊可奇分享给别人更是可喜的。让我们一起来赞叹也一起来探究吧！

生命最初的故事

夜空里，繁星如一春花事，腾腾烈烈，开到盛时，让人担心它简直自己都不知该如何去了结。

繁星能数吗？它们的生死簿能一一核查清楚吗？

且不去说繁星和夜空，如果我们虔诚地反身自视，便会发现另一度宇宙，数以亿计的小光点溯流而上，奋力在深沉黑阒的穹苍中泅泳。然后，众星寂灭，剩下那唯一的，唯一着陆的光体。

——我其实是在说精子和卵子的结合过程，那是生命最初的故事，是一切音乐的序曲部分，是美酒未饮前的激滟和期待，是饱墨的画笔要横走纵跃前的蓄势。

精子的探险之旅

如果说，人体本身的种种奇奥是一系列神话，则精子的探险旅行应视作神话的第一章。故事总是这样开始的：

有一次（Once upon a time），有一只小小的精子出发了，它的旅途并不孤单，和它结伴同行的探险家合起来有两三毫升，（也有到五六毫升的）不要看不起这几毫升，每一毫升里的精子编制平均是两千万到六千万只，（想想整个台湾还不到两千万人口呢！）几毫升合起来便有上亿的数目了！

这是一场机密的行军，所有的精子都安静如赴命的战士，只顾奋力泅泳，它们虽属于同一部队，（它们的军种，略似海军陆战队吧！）行军途中却没有指挥官，奇怪的是它们每一个都很清楚自己的任务——它们知道此行要抢先去攀登一块叫"卵子"的陆地，而且，这是一场不能回头的旅途。除了第一个着陆的英雄，其他精子唯一的命运就是死掉。"抱着万一成功的希望"，这句话对它们来说是太奢侈了，因为它们是"抱着亿一成功的希望"而全力以赴的。

考场、球场都有正常的竞争和淘汰，但竞争淘汰的比率到达如此冷酷无情的程度，除了"精子之旅"以外，也很难在其他现象里找到了。

行行重行行，有些伙伴显然落后了，那超前的彼此互望一眼，才发现大家在大同中原来还是有小异的，其中有一批是 X 兵种，另一批是 Y 兵种。Y 的体型比较灵便，性格也比较急躁，看来颇有奏凯的希望，但 X 稳重踏实，一种跑马拉松的战略，是个不可轻敌的角色。这一番"抢渡"整个途程不过二十五厘米左右，但对小小的精子而言，却也等于玄奘取经横绝大漠的步步险阻了。这单纯的朝香客便不眠不休不食不饮一路行去。

优胜劣败的筛选

世间女子，一生排卵的数目约五百，一个现代女人大概只容其中的一两个成孕，而每一枚成孕的卵子是在亿对一的优势选择后才大功告成的。这种豪华浪费的大手笔真令人吃惊——可是，经过这场剧烈的优胜劣败的筛选，人种才有今天这么秀异，这么稳定。虽说"上天有好生之德"，但在整个人种绵延的过程中却反而只见铁面无私的霹雳手段呢！

虽然，整个旅程比一只手掌长不了多少，但选手却需要跑上两三个小时或五六个小时，算起来也是累得死人的长跑了。因此，如果情况不理想，全军覆没的情形也不免发生。另外一种情况也很常见，那就是选手平安到达，但对方迟到了，于是精子必须等待，事实上精子从出发到守候往往需要支持十几个小时。

好了，终于最勇壮的一位到达终点了，通常在终点线附近会剩下大约一百名选手。最后的冲刺当然是极为紧张的，但这胜利者会得到什么呢？有鲜花、金牌在等它吗？有镁光灯等着为它作证吗？没有，这幸运而疲倦的英雄没有时间接受欢呼，它必须立刻部署打第二场战，它要把自己的头帽自动打开，放出一些分解酵素，而这酵素可以化开卵子的一角护膜，那卵子，曾于不久前自卵巢出发，并在此中途相待，等待来自另一世界的英雄，等待膜的化解，等待对方的舍身投入。

生命完成的感恩

这一刹那，应该是大地倾身、诸天动容的一刹。

有没有人因精卵的神迹而肃然自重呢？原来一身之内亦如万古乾坤，原来一次射精亦如星辰纳于天轨，运行不息。故事里的孙悟空，曾顽皮地把自己变作一座庙宇，事实上，世间果有神灵，神灵果愿容身于一座神圣的殿堂，则那座殿堂如果不坐落于你我的此身此体，还会是哪里呢？

　　附：这样说吧，如果你行过街头，有人请你抽奖，如果你伸手入柜，如果柜中上亿票券只有一张可以得奖，而你竟抽中了，你会怎样兴奋？何况奖额不是一百万一千万，而是整整一部"生命"！你曾为自己这样成胎的际遇而有过一丝一毫的感恩吗？

我有一个梦

楔 子

四月的植物园，一头走进去，但见群树汹涌而来，各绿其绿，我站在旧的图书馆前，心情有些迟疑。新荷已"破水而出"，这些童年期的小荷令人忽然懂得什么叫疼怜珍惜。

我迟疑，只因为我要去找刘白如先生谈自己的痴梦，有求于人，令我自觉羞惭不安，可是，现在是春天，一切的好事都应该可以有权利发生。

似乎是仗了好风好日的胆子，我于是走了进去，找到刘先生，把我的不平和愿望一五一十地说了。我说，我希望有人来盖一间中文教室——盖一间合乎美育原则的，像中国旧式书斋的教室。

我把话说得简单明了，所以只消几句就全说完了。

"构想很好，"刘先生说，"我来给你联络台中明道中学的汪校长。"

"明道是私立中学，"我有点担心，"这教室费财费力，明道未必承担得下来，我看还是去找'教育部'或'教育厅'来出面比较好。"

"这你就不懂了，还是私立学校单纯——汪校长自己就做得了主。如果案子交给公家，不知道要左开会右开会，开到什么时候。"

我同意了，当下又聊了些别的事，我即开车回家，从植物园到我家，大约十分钟车程。

走进家门，尚未坐下，电话铃已响，是汪校长打来的，刘先生已把我的想法都告诉他了。

"张教授，我们原则上就决定做了，过两天，我上台北，我们商量一下细节。"

我被这个电话吓了一跳，世上之人，有谁幸运似我，就算是暴君，也不能强迫别人十分钟以后立刻决定承担这么大一件事。

我心里涨满谢意。

两年以后，房子盖好了，题名为"国学讲坛"。

一开始，刘先生曾命我把口头的愿望写成具体的文字，可以方便宣传，我谨慎从命，于是写了这篇《我有一个梦》。

我有一个梦。

我不太敢轻易地把这梦说给人听，怕遭人耻笑——毕竟，在这个世界上敢于去梦想的人并不多。

让我把故事从许多年前说起：南台湾的小城，一个女中的校园。六月，成串的黄花沉甸甸地垂自阿勃拉花树。风过处，花雨成阵，松鼠在老树上飞奔如急箭，音乐教室里传来三角大钢琴的玲琮流泉……

啊！我要说的正是那间音乐教室！

我不是一个敏于音律的人，平生也不会唱几首歌，但我仍深爱音乐。这，应该说和那间音乐教室有关吧！

我仿佛仍记得那间教室：大幅的明亮的窗，古旧却完好的地板，好像是日据时期留下的大钢琴，黄昏时略显昏暗的幽微光线……我们在那里唱"苏连多岸美丽海洋"，我们在那里唱"阳关三叠"。

所谓学习音乐，应该不止是一本音乐课本、一个音乐老师。它岂不也包括那个阵雨初霁的午后，那熏人欲醉的南风，那树梢悄悄的风声，那典雅的光可鉴人的大钢琴，那开向群树的格子窗……

近年来，我有机会参观一些耗资数百万或上千万的自然科学实验室。明亮的灯光下，不锈钢的颜色闪烁着冷然且绝对的知性光芒。令人想起伽利略，想起牛顿，想起历史回廊上那些伟大耸动的名字。实验室已取代古人的孔庙，成为现代人知识的殿堂，人行至此都要低声下气，都要"文武百官，至此下马"。

人文方面的教学也有这样伟大的空间吗？有的。英文教室里，每人一副耳机，清楚的录音带会要你把每一节发音都校正清楚，电视画面上更有生动活泼的镜头，诱导你可以做个"字正腔圆"的"英语人"。

每逢这种时候，我就暗自叹息，在我们这号称为华夏的土地上，有没有哪一个教育行政人员，肯把为物理教室、化学教室或英语教室所花的钱匀出一部分用在中国语文教室里的？换句话说，我们可以来盖一间国学讲坛吗？

当然，你会问："国学讲坛？什么叫国学讲坛？国文哪需要什么讲坛？国学讲坛难道需要望远镜或显微镜吗？国文会需要光谱仪吗？国文教学不就只是一位戴老花眼镜的老先生凭一把沙喉老嗓就可以廉价解决的事吗？"

是的，我承认，曾经有位母亲，蹲在地上，凭一根树枝、一堆沙子，就这样，她教出了一位欧阳修来。只要有一公尺见方的地方，只要有一位热诚的教师和学生，就能完成一场成功的教学。

但是，现在是八十年代了，我们在一夕之间已成暴富，手上捧着钱茫茫然不知该做什么……为什么在这种时候，我们仍然要坚持阳春式的国文教学呢？

我有一个梦。（但称它为梦，我心里其实是委屈的啊！）

我梦想在这土地上，除了能为英文为生物为化学为太空科学设置实验室之外，也有人肯为国文设置一间讲坛。

我梦想一位国文老师在教授"好鸟枝头亦朋友，落花水面皆文章"的时候，窗外有粉色羊蹄甲正落入春水的波面，苦楝树上也刚好传来鸟鸣，周围的环境恰如一片舞台布景板，处处笺注着白纸黑字的诗。

晚明吴从先有一段文字令人读之目醉神驰，他说："斋欲深，槛欲曲，树欲疏，萝薜欲青垂；几席、栏杆、窗窦，欲净滑如秋水；榻上欲有云烟气；墨池、笔床，欲时泛花香。读书得此护持，万卷尽生欢喜。琅嬛仙洞，不足羡矣。"

吴从先又谓："读史宜映雪，以莹玄鉴。读子宜伴月，以寄远神。……读《山海经》《水经》、丛书小史，宜倚疏花瘦竹，冷石寒苔，以收无垠之游，而约缥缈之论。读忠烈传，宜吹笙鼓瑟以扬芳。读奸佞传，宜击剑捉酒以销愤。读‘骚’宜空山悲号，可以惊壑。读赋宜纵水狂呼，可以旋风……”

——啊，不，这种梦太奢侈了！要一间平房，要房外的亭台楼阁花草树木，要春风穿户夏雨叩窗的野趣，还要空山幽壑，笙瑟溢耳。这种事，说出来——谁肯原谅你呢？

那么，退而求其次吧！只要一间书斋式的国学讲坛吧！要一间安静雅洁的书斋，有中国式的门和窗，有木质感觉良好的桌椅，你可以坐在其间，你可以第一次觉得做一个华夏人也是件不错的事，也有其不错的感觉。

那些线装书——就是七十多年前差点遭一批激进分子丢到茅厕坑里去的那批——现在拿几本来放在桌上吧！让年轻人看看宋刻本的书有多么典雅娟秀，字字耐读。

教室的前方，不妨有"杏坛"两字，如果制成匾，则悬挂高墙，如果制成碑，则立在地上。根据《金石索》的记录，在山东曲阜的圣庙前，有金代党怀英所书"杏坛"两字，碑高六尺（指汉制的六尺），宽三尺，字大一尺八寸。我没有去过曲阜，不知那碑如今尚在否？如果断碑尚存，则不妨拓回来重制，如果连断碑也不在了，则仍可根据《金石索》上的图样重刻回来。

唐人钱起的诗谓："更怜童子宜春服，花里寻师到杏坛。"百年来我们的先辈或肝脑涂地或胼手胝足，或躲在防空洞里读其破本残卷，或就着油灯饿着肚子皓首穷经——但这一切是为了什么？岂不是为了让我们的下一代活得幸福光彩，让他们可以穿过美丽的花径，走到杏坛前去接受教化，去享受一个华夏少年对中国文化理所当然的继承权。

教室里，沿着墙，有一排矮柜，柜子上，不妨放些下课时可以把玩的东西。一副竹子搁臂，凉凉的，上面刻着诗。一个仿制的古瓮，上面刻着元曲，让人惊讶古代平民喝酒之际也不忘诗趣。一把仿同治时代的茶壶，肚子上面刻着一圈二十个字："落雪飞芳树，幽红雨淡霞。薄月迷香雾，流风舞艳花。"学生正玩着的时候，你可以告诉孩子们这是一首回文诗，全世界只有中国语言可以做的回文诗。而所谓回文诗，你可以从任何一个字念起，意思都通，而且都押韵。当然，如果教师有点语言学的知识，他可以告诉孩子汉语是孤立语（Isolating Language）跟英文所属的屈折语（Inflectional Language）不同。至于仿长沙马王堆的双耳漆器酒杯，由于是砂胎，摇起来里面还会响呢！这比电动玩具可好玩多了吧？酒杯上还有篆文，"君幸酒"三个字，可堪细细看去。如果找到好手，也可以用牛肩胛骨做一块仿古甲骨文，所谓学问，有时固然自苦读中得来，有时也不妨从玩耍中得来。

墙上也有一大片可利用的地方，拓一方汉墓石，如何？跟台北画价动辄十万相比，这些古物实在太便宜了，那些画像砖之浑朴大方，令人悠然神往。

如果今天该讲岳飞的《满江红》，何不托人到杭州岳王坟上拓一张岳飞真迹来呢！今天要介绍"月落乌啼霜满天"吗？寒山寺里还有俞樾那块诗碑啊！如果把康南海的那一幅比照来看，就更有意思，一则"古钟沦日史"的故事已呼之欲出。杜甫成都浣花溪的千古风情，或诸葛武侯祠的高风亮节，都可以在一幅幅挂轴上留下来。

你喜欢有一把古琴或古筝吗？有，也可以，没有，也可以。这种事不妨即兴。

你喜欢有一点檀香加茶香吗？有，也可以，没有，也可以。这种事只消随缘。

如果学生兴致好，他们可以在素净的钵子里养一盆素心兰，这样，他们会了解什么叫中国式的芬芳。

教室里不妨有点音响设备，让听惯玛丹娜的耳朵，听一听什么叫笛？什么叫箫？什么叫"把乌"？什么叫筚篥……

你听过"鱼洗"吗？一只铜盆，里面刻镂着细致的鱼纹，你在盆里注上大半盆水，然后把手微微打湿，放在铜盆的双耳上摩擦，水就像细致如丝的喷柱，激射而出——啊，世上竟有这么优雅的玩具。当然，如果你要用物理上的"共振"来解释它，也很好。如果你不解释，仅只让下了课的孩子去"好奇一下"，也算够本。

如果有好端砚，就放一方在那里。你当然不必迷信这样做就能变化气质。但砚台也是可以玩可以摸的，总比玩超人好吧？那细致的石头肌理具有大地的性格，那微凹的地方是时间自己的雕痕。

你要让年少的孩子去吃麦当劳，好吧，由你。你要让他们吃肯德基？好，请便。但，能不能，在他年少的时候，在小学，在中学，或者在大学，让他有机会坐在一间中国式的房子里。让他眼睛看到的是中国式的家具和摆设，让他手摸到的是中国式的器皿，让他——我这样祈祷应该不算过分吧——让他忽然对自己说："啊！我是一个华夏人！"

音乐有教室，因为它需要一个地方放钢琴；理化有教室，因为它需要一个空间放仪器；体育则花钱更多。那么，容不容许辟一间国学讲坛呢？这样的梦算不算妄想呢？如果我说，教中文也需要一间讲坛——那是因为我有一整个中国古典文化梦想放在里面啊！

　　我有一个梦！这是一个不忍告诉别人，又不忍不告诉别人的梦啊！

生命中的好东西往往如此，极便宜又极耐用。我可以因一张席而爱一张床，因一张床而爱一栋房子，因一栋房子爱上一个城……